KB063552

탑승을 시작하겠습니다

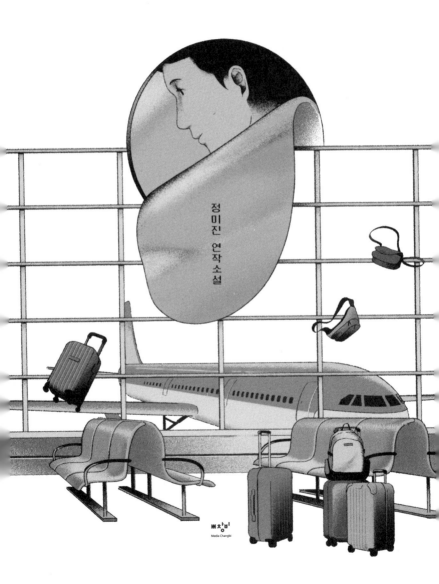

19:40 ERICEIRA A02 GATE OPEN
탑승을   시작하겠습니다

정미진 연작소설

차례

환희를 찾아서

네덜란드 암스테르담

Amsterdam

7월 15일 오전 6시 30분. 암스테르담 헤렌 운하에 정박해 있
던 보트 밑에서 관광객의 신고로 동양인 여성의 사체가 발견
되었다. 신원 불명. 사망 원인은 마약 복용 과다로 인한 쇼크
사로 추정된다.

다락방이지만 서울에서 살던 자취방보다 족히 두 배는 넓었
다. 오래된 나무 바닥에 창 쪽으로 두툼한 매트리스가 프레
임 없이 깔려 있고, 반대편에는 책상과 옷장, 미니 냉장고가
놓여 있다. 기둥 뒤편에는 작지만 샤워도 가능한 화장실이,
창밖 너머로는 지붕과 연결된 작은 발코니두 있다. 숙박 공유
사이트를 처음 이용해본 거라 걱정했는데, 이만하면 가격 대

비 나쁘지 않다 싶었다.

"웰컴! 하우 위즈 유어 플라잇?"

호스트인 헬레나는 큰 키에 웃는 입매가 시원스런 중년 여성이었다. 헬레나는 방 열쇠를 건네주며 화장실과 라디에이터 사용법을 알려주었다. 그리고 주변에 갈 만한 식당이나 카페 등이 적힌 메모와 함께 도움이 필요할 때 언제든 연락하라며 웃어 보였다. 정유는 호스트의 쾌활함에 덩달아 기분이 좋아져 낯선 곳에 도착했다는 불안함도 한결 가벼워졌다.

헬레나가 나간 뒤 정유는 트렁크를 매트리스 옆에 세워두고 창밖 발코니로 나가보았다. 간신히 혼자 서 있을 정도로 좁은 공간이라 한쪽 다리는 안에 남겨둔 채 밖을 내다보았다. 어느새 날이 져 투명하게 일렁이던 운하의 강물은 응고된 것처럼 검게 가라앉아 있었다.

서울 자취방은 창이 있기는 했지만 반지하라 행인들의 발밖에 보이지 않았다. 시선이 발이 아닌 사람들의 정수리를 볼 수 있는 높이가 되자 정유는 신분 상승이라도 한 기분이었다. 독립한 이후 여섯 번의 이사. 마포구 한구석 동네, 500에 45짜리 월세방. 서울 시내에서 이 가격에 이 정도 구하기 하늘의 별 따기야. 아가씨, 복 받은 거야. 복. 정유는 부동산 아저씨의 말처럼 그 방에서 별을 딸 수 있기를, 그래서 복 받은 인간이 되기를 기원했다.

정유가 대학에 입학할 즈음 구조 조정 바람에 떠밀려 퇴직한 부모님은 자의 반 타의 반, 고향으로 돌아가 귀농하셨다. 그 이후로 혼자 자취 생활을 시작했다. 10년간 여섯 번의 이사. 이런저런 이유로 기본 계약 기간인 2년을 못 채우고 나온 적도 많았다. 코딱지만 한 방에 짐은 또 얼마나 많은지. 매번 정리한다 하면서도 언젠가 쓸 일이 있겠지 싶어 이사할 때마다 죄다 짊어지고 다녔다. 그 바람에 사람이 사는 방이 아닌, 마치 짐이 쌓인 창고에 사람이 끼어 자는 꼴이었다.

짐으로 꽉 찬 방에 누워 있으면 달팽이 껍질 속에 있는 기분이었다. 언제인가부터 자신이 껍질을 짊어진 것인지, 껍질에 붙어 기생하고 있는 것인지 헷갈렸다. 그마저도 다달이 사용료를 지불하지 않으면 언제 벗겨질지 모를 일. 그래서인지 월셋날이 다가오면 악몽을 꿨다. 월세를 내지 못해 껍질이 벗겨진 채 내쫓겨, 양 더듬이로 맨몸뚱이를 가리려 애쓰는 꿈이었다. 별다른 지원 없이 그림 그려 번 돈으로 월세방을 탈출

하기는 대한민국, 그것도 서울에선 거의 불가능한 일이었다.

정유는 어릴 적부터 그림 그리는 걸 좋아했는데, 철들고부터는 만화 특히 애니메이션에 빠져 살았다. 자연스레 대학에서 애니메이션을 전공했고 애니메이터가 되었다. 애니메이션을 보면 꿈과 환상의 나라가 펼쳐지고, 그 속에서 숨 쉬는 인물들은 늘 환희에 차 있었다. 그 세계를 만드는 사람이 되면 그런 환희를 조금이라도 느끼며 살 수 있으려나 했다. 하지만 꿈은 꿈으로 그칠 뿐, 그저 박봉과 야근에 시달리는 그림 노동자가 되었다. 게다가 애니 회사 자체가 신생 업체가 많아 대부분 노동환경이 불안정했다. 걸핏하면 월급이 밀리거나 프로젝트가 무산되어 회사가 없어지는 일도 빈번했다. 요즘도 다니던 회사가 경영난으로 공중분해가 되어 간간이 들어오는 외주로 생활을 유지하고 있는 형편이었다.

처음 애니 일을 시작할 때만 해도 디즈니나 픽사 같은 곳에 취직을 한다거나, 창작 애니메이션을 만들겠다는 야심에 찬 포부가 있었다. 하지만 객관적으로 판단할 때 자신은 애니계에 한 획을 그을 만한 재능 혹은 그것을 뒤엎을 열정 중 그 어느 하나도 끓어오를 만큼 뜨겁지 못하고 미적지근했다. 무엇보다 학자금을 갚고 월세를 내고 보험금을 지불하는 등, 146센티 작은 몸으로는 다달이 주어지는 생존 미션을 치루는 것만으로도 벅찼다.

그러다 보니 일을 할 때 제대로 그려내기가 힘든 장면이 많았다. 특히 만화 속 주인공들이 신나는 모험을 겪으며 환희에 차 웃음을 터뜨리는 장면은 도저히 공감할 수 없었다. 마음에 와 닿지 않는 감정을 표현하기 위해서는 오로지 추측에만 의지해야 했는데, 그런 그림은 늘 한결같은 피드백을 받았다. 그림이란 건 참 눈치 없다 싶을 만큼 솔직해서 좀처럼 그린 이의 속내를 감출 수가 없었다. '그림이 너무 어둡다' '가짜 같고 꾸며낸 것 같다' '좀 더 기쁨이나 환희에 찬 느낌으로 표현해달라'. 이런 이야기를 들을 때면 정유는 생각했다.

대체 '환희'에 찬 기분이란 어떤 걸까.

숨이 차도록 웃어본 적이 언제였는지도 가물가물했다. 그나마 몇 번 안 되는 연애는 늘 흐리멍덩하게 시작해서 흐리멍덩하게 끝났다. 환희는커녕, 어제도 오늘도 내일도 아무 일도 일어나지 않는 하루하루. 정유는 직감했다 이대로라면 그저 키 작은 여자에서 키 작은 아줌마, 키 작은 할머니로 늙어갈 뿐이라는 걸. 정유는 그렇게 달팽이 껍질 속에서 서서히 점액이 마르며 건조되어갈까 봐 두려웠다.

내일은 더 나아질 거라는 기대는 고사하고, 그저 500에 45로 규정된 현실을 유지하는 것만으로 만족해야 하는 걸까. 하지만 수치에 맞춰 꾸역꾸역 살아간다 해도 세상의 기대치는 번번이 그것을 배반했다. 그 수치상의 간극이 정유의 작은 몸을 더욱 움츠러들게 만들었다. 사회적으로 설정된 허들을 넘기에 그녀가 가진 숫자는 턱없이 모자랐고, 수치가 아닌 감성만으로 버티기에는, 감성을 자극할 만한 그 어떤 일도 일어나지 않았다.

정유는 자신이 이리 보나 저리 보나 부적격이라는 생각을 지울 수가 없었다. '부적격자'. 그런 생각 끝에 잠들었다 깨어나면, 왠지 키가 줄어든 기분이었다. 이러다가는 어느 날 눈을 떴을 때 그렇지 않아도 작은 키가 줄어들다 못해 바닥에 눌어붙을 것만 같았다.

여섯 번째 방 계약 기간이 끝날 때가 되자 주인은 월세를 10만 원이나 더 올려 받겠다고 했다. 정유는 일곱 번째 달팽이 껍질을 찾아 나서야 할지 고민했다. 어찌어찌하여 500에 55를 낼 수 있게 되든, 아니면 500에 45짜리 다른 방을 찾든, 어느 쪽이든 삶이 그다지 즐거워지지 않을 것 같았다. 애초에 그것이 문제였다.

'즐겁지 않다.'

즐겁지 않은 이유는 아무 일도 일어나지 않기 때문이다. 그런 생각이 들자 갑자기 억울해졌고, 결국 방을 빼기로 했다. 대신 돌려받은 보증금으로 비행기 표를 예매했다. 아무 일도 일어나지 않는 인생에 인위적인 사건을 만들자. 결심만으로도 마음이 담대해졌다. 얼마 전 외주로 받은 애니메이션 콘티 작업을 끝내지 못했지만, 노트북과 태블릿이 있으면 여행지에서도 마감을 할 수 있을 것 같았다. 상황이 맞춰지자 추진력이 더해졌다.

쓸 만한 살림살이를 죄다 중고 마켓에 판 돈으로 큼지막한 트렁크를 샀다. 10년간 이고 지고 살았던 짐을 정리한 뒤 트렁크에 아끼는 책 몇 권과 일기장, 스케치북, 노트북, 꼭 필요한 옷 몇 벌 정도만 넣었다. 트렁크에 담지 못한, 남겨진 것들을 보자 새삼 뭐가 그렇게 아깝고 중하다고 끼고 살았나 싶었다.

작은 방을 꽉 채우고 있던 짐을 정리하고 나니, 그제야 그녀는 거대한 주먹이 정수리를 짓누르는 기분에서 조금 벗어날 수 있었다.

목적지를 네덜란드로 정한 이유는 단순했다. 고흐의 그림이 보고 싶었다. 고흐는 소위 예술 한다는 사람들에게는 감정 이입하기 좋은 대상이니까. 재능을 인정받지 못하다가 사후에 인정받게 된 그처럼 비록 현재는 비루한 처지일지라도 언젠가는 빛을 볼 수 있을 것이다, 하고 합리화하기에 딱 좋은 롤 모델이었다. 정유도 뭐 그런 싱거운 이유로 고흐를 좋아했다.

10년 동안 자취방에 고흐의 「별이 빛나는 밤」 그림엽서가 붙어 있었다. 모서리가 너덜너덜해져도 이사할 때마다 꼭 그 엽서만큼은 챙겨 가서 다시 침대맡에 붙여두었다. 가로 15센티, 세로 10센티 종이 안에 오묘하게 휘어지고 발산하는 밤의 모습을 보고 있노라면 절로 '환희'라는 단어가 떠올랐다. 아마도 그 그림을 그릴 당시 환희를 느꼈던 게 아닐까. 사실 환각 성분이 마약만큼이나 강하다는 술 압생트에 중독되어 있었던 고흐니까. 「별이 빛나는 밤」을 완성시킨 것이 환각의

힘인지 예술가의 순수한 열정인지, 진실은 고흐만이 알겠지. 어쨌든 그는 그 작품을 그릴 때 분명 일상과는 전혀 다른 황홀경에 빠져 있었을 테다. 문득 그 그림의 실물이 보고 싶었다. 그래서 고흐의 나라, 네덜란드 암스테르담행 비행기 표를 끊었다.

미리 예약까지 하고 방문한 고흐미술관에서 정유는 초조한 마음에 아랫배가 살살 아파왔다. 1층부터 4층까지 아무리 꼼꼼히 살펴보아도 여행의 목적인 「별이 빛나는 밤」을 찾을 수 없었기 때문이다. 「감자 먹는 사람들」, 「자화상」, 「침실」, 「해바라기」 등 다른 유명한 작품들은 다 있었지만 「별이 빛나는 밤」은 보이지 않았다. 미술관 책자에 담긴 전시 리스트에도 「별이 빛나는 밤」은 없었다.

그림을 찾아 두세 번 미술관을 휘돌고 나온 정유는 결국 자신의 안일함에 기함했다. 당연히 고흐미술관에 있을 거라고 생각했던 「별이 빛나는 밤」은 뉴욕현대미술관 소장품이었다. 여행 전 고흐미술관에 대해 검색할 때 정작 「별이 빛나는 밤」의 소장 여부는 확인하지 않고 무턱대고 암스테르담으로 날아온 것이다. 그렇지 않아도 작은 몸이 땅에 박히는 기분이었다.

허탈한 심정으로 미술관에서 나온 정유는 감자튀김을 사서 광장 계단에 주저앉았다. 일평생 꼼꼼하지 못하고 대충대충인 성격을 느긋하고 융통성이 있는 거라 퉁치며 살아왔지만, 기본의 기본조차 챙기지 못하다니……. 스스로가 한심해 감자튀김이 목으로 넘어가는지 콧구멍으로 들어가는지 알 수가 없었다.

한탄한 게 민망하게도 감자튀김은 정말 맛있었다. 종이 박스에 묻은 마요네즈 소스까지 남김없이 싹싹 긁어 먹었다. 그러고도 아쉬운 마음에 차마 미술관을 떠날 수가 없었다. 정유의 눈에 그제야 광장 주변 분위기가 들어왔다. 광장은 나들이 나온 더치들과 관광객들의 달뜬 기운으로 가득했다. 비록 「별이 빛나는 밤」은 보지 못했지만, 즐거워하는 사람들 속에 섞여 있으니 뒤늦게 휴가를 즐기고 있다는 실감이 났다. 이 풍경을 놓치지 않기 위해 가방에서 노트와 색연필을 꺼냈다. 그러고는 광장을 오가는 사람들의 모습을 재빠르게 스케치하기 시작했다.

그러다 보니 네덜란드인들은 키가 정말 크구나 싶었다. 세계 최장신 국가라고 듣기는 했어도, 어쩜 이렇게 클 수가 있는지. 아니, 단지 키가 큰 것을 넘어 뼈와 근육, 몸을 이루는 세포 자체가 탄탄하고 옹골찬 느낌이었다. 새삼 인종이 다르다의 '종'이 다름이 문자가 아닌 피부로 다가왔다.

토질의 차이 때문일까, 수질의 차이 때문일까를 가늠해보던 정유는 문득 자신의 짧은 다리를 뻗어보았다. 146센티의 작은 키는 가장 큰 콤플렉스였다. 초등학교 4학년 때 성장이 거의 멈추었고 그 후로 키가 크기 위해 갖은 방법을 다 써봤지만 고작 2센티 정도 더 자랐을 뿐이다. 어디를 가든 '가장 작은 애'였고 성인이 되어 사회에 나와서도 작은 키는 대부분의 상황에서 단점으로 작용했다. 게다가 왜소한 몸에 비해 둥글둥글한 얼굴선 때문에 어린애로 오해를 받는 일도 곧잘 있었다.

멀리 갈 것도 없이 출국하던 날 공항에서도 그랬다. 툭 치면 반사작용처럼 하품을 할 것 같은 무기력한 얼굴의 공항 검색대 직원이 짐을 검사하다가 갑자기 눈이 휘둥그레져서는 정유를 위아래로 훑어보았다. 아마도 어린애가 혼자 여행을 가나 싶어 재차 확인하는 모양이었다. 오해한 게 민망한지 허둥대던 직원은 정유에게 괜히 실없는 질문을 던지며 상황을 넘겼다. 그런 웃지 못할 일들은 네덜란드에 도착한 이후에도 이어졌다. 미술관이나 박물관 직원들이 자연스레 어린이 표를 끊어주기도 했다.

그렇게 작은 정유에게 네덜란드는 그야말로 거인의 나라였다. 그렇지 않아도 작은 몸이 더 작게만 보였고, 스스로가 마치 차원을 넘어 블랙홀로 굴러떨어진 소인국인처럼 느껴졌다. 거인들이 가득한 풍경을 그리던 정유는 페이지 구석에 자신의 모습을 작게 그려 넣었다. 장을 넘기며 움직임을 조금씩 다르게 그린 후 노트 끝을 잡고 빠르게 넘기자, 작은 정유가 거인들 사이를 잽싸게 걸어 다니는 짧은 애니메이션이 만들어졌다. 그림 속 그녀는 짧은 다리로 참 열심히도 움직였다. 그 모습을 보고 있으니 괜히 가랑이가 뻐근해져 노트를 가방에 넣고 자리에서 일어났다.

오늘은 이만 들어가자 싶어 걸음을 재촉하던 그때, 광장을 지나던 한 무리의 10대들이 다가와 그녀에게 외쳤다.

"니하오!!"

손가락으로 눈을 찢어 보이는 그 무리를 향해 주먹을 치켜들고 '퍽 유'라고 되받아치고 싶었지만, 쪼그라든 마음은 좀처럼 펴지지 않았다. 대신 들릴 듯 말 듯 "아임 낫 차이니즈"라고 중얼거릴 뿐. 자존심이 상했으나 낯선 곳에서 작은 체구의 동양 여자가 자신을 지키는 법이란 그렇게 볼품없을 수밖에 없다.

따라붙는 10대들을 피해 땅만 보며 걷다 보니 고개를 들었을 때는 낯선 골목에 들어서 있었다. 뒤늦게 핸드폰을 켜고 지도를 확인했지만, 때를 맞춘 듯 배터리가 간당간당하다 꺼져버렸다. 정유는 주위를 둘러보았다. 지금껏 걷던 곳과는 분위기가 사뭇 달랐다. 화려한 간판과 네온사인이 뒤섞여 마치 조잡한 놀이공원에 들어온 느낌이었다.

뒤늦게 이곳이 그 유명한 환락가임을 깨달았다. 요상 야릇한 쇼윈도 안에서 중요 부위만 가린 채 호객하는 사람들과 눈을 마주치지 않으려 애쓰며 걸었다. 성매매가 합법이고 그걸 관광 자원으로 적극 활용한다는 이야기를 듣기는 했지만 직접 보니 그야말로 요지경 세상이었다. 정유는 계속 숙소 방향을 찾으려 하면서도 가자미눈으로 그곳을 훔쳐보았다.

골목 초입은 관광객들을 위한 관광지로 꾸며져 있어 무섭지 않았다. 하지만 헤매다 보니 어느새 해가 졌고, 방향감각을 잃고 더 깊숙한 골목길로 접어들었다. 인파가 사라진 골목은 공기가 묘하게 바뀌었고 어깨가 뻣뻣하게 굳기 시작했다. 게다가 크고 작은 펍에서 뿜어져 나오는 생전 맡아본 적 없는, 짙은 풀 냄새의 역한 대마초 냄새가 그녀의 뒤를 따라왔다. 순간 정유의 몸이 거부 반응을 일으키기 시작했다. 특히 가로세로로 각진 모양의 모범생 세포가 격렬하게 반응하며 사이렌을 울려댔다. 방향감각을 완전히 잃고 제자리를 뱅글뱅글 맴돌자, 호객꾼들이 패닉에 빠진 관광객을 한눈에 알아보고 슬슬 입질을 해왔다.

"니하오."

"아 유 차일드?"

"웨어즈 유어 맘?"

그때 금발 가발에 파란색 아이섀도로 눈두덩이 전체를 바른, 족히 일흔은 되어 보이는 노인이 손을 내밀었다. 길 잃은 동양 여자에게 호의를 베풀겠다는 마음인지 아니면 대놓고 놀리겠다는 심사인지 헷갈리는 와중에, 노인이 바짝 따라붙으며 말을 걸자 정유는 놀라 옆 골목으로 빠졌다. 그러자 이번에는 상체를 테라스에 걸친 반라의 여인이 담배 연기를 짙게 뿜어댔다. 정유는 마른기침을 하다가 펍에서 나오는 덩치 큰 남자와 부딪혀 넘어졌다. 순간 금발 노인과 반라의 여인, 그리고 덩치까지 제 발에 고꾸라진 가련한 강아지를 보듯 혀끝으로 쫑쫑거렸다.

아픈 것보다 창피해서 일어나지 못하고 있는데, 머리 위로 거대한 그늘이 졌다. 고개를 드니 족히 2미터는 되는 여자, 아니 남장 여자, 아니 그 무엇도 아닌, 세상의 경계면에 끼어 있는 듯한 사람이 서 있었다. 그가 어깨를 잡았고 정유는 소스라치게 놀라며 뿌리쳤다. 작은 몸 어디에서 그런 힘이 나온 건지, 그는 벽에 부딪히며 쓰러졌다. 그 틈을 타 정유는 짧은 다리를 있는 힘껏 움직여 내달렸고, 그가 욕지거리를 내뱉는 소리와 입술을 모아 쫑쫑거리는 사람들의 웃음소리가 머리채를 낚아챌 듯 말 듯 쫓아오다 멀어졌다.

다락방에 도착하자마자 정유는 침대 위로 쓰러졌다. 긴장이 한꺼번에 풀린 탓에 관절 마디마디가 뻐근했다. 「별이 빛나는 밤」을 볼 수 없게 되었다는 사실에 실망해서인지, 불쾌한 일들을 겪어서인지 잠이 오지 않았다. 태블릿을 꺼내 콘티를 끄적였다. 몇 컷 그려보다가 도저히 집중이 안 되어 다시 누웠다. 내일은 암스테르담 시내를 벗어나 근교에 있는 풍차 마을 잔서스한스에 가기 때문에 일찍 일어나야만 했다. 몽롱한 눈으로 창밖 너머 별의 흔적을 더듬었다. 도시의 잔여 불빛 때문에 아쉽게도 별은 보이지 않았다.

이제 여행의 목적이 없어졌으니 무엇을 해야 할까. 네덜란드 어디쯤에 가야 환희를 느낄 수 있을까. 아니 세상 어디를 뒤진들 그런 게 있기나 할까. 여행의 매 순간이 즐거울 수만은 없다는 걸 안다. 여행 내내 찾으려던 환희는커녕 환장할 일들만 이어지지 않을까 하는 걱정에 정유는 밤새 뒤척였다.

잔서스한스까지는 암스테르담에서 기차를 타고 30분 안팎 거리였다. 많은 사람들이 풍차를 보기 위해 들르는 대표적인 관광 코스라 역시나 단체 관광객 무리가 많았다. 정유는 어쩌다 보니 한국 단체 관광객과 동선이 겹치는 바람에 무리의 일원처럼 끼어 다니게 되었다. 부모님 나이대의 60대 부부 동반계 모임이었는데, 엮이지 않으려 해도 움직이는 범위가 거기서 거기라 마주칠 수밖에 없었다.

가능한 한 한국인 무리에서 멀리 떨어져 나온 정유는, 혼자서 조용히 들판에 서 있는 풍차들을 바라보았다. 풍차와 풍차 사이의 거리는 꽤 멀었고, 언덕 하나 없는 들판 지대라 바람이 매몰차게 불어 모자가 자꾸만 날아갔다. 모자를 주우러 다니느라 야생 토끼마냥 여기 풀쩍 저기 풀쩍 뛰어다니는 바람에 의도치 않게 사람들의 시선을 끌었고, 끝내 팔이 닿지 않는 울타리 너머로 떨어진 모자를 독일인 할아버지가 짚고 있던 목발을 사용해 주워주었다. 겨우 모자를 챙겨 쓰고 차분히 풍경을 감상하려나 싶은 순간, 이번에는 비바람이 몰아쳤다. 듣던 대로 한 치 앞을 예상할 수 없는 변화무쌍한 네덜란드 날씨다웠다.

갑자기 시작된 돌풍에 흩어져 있던 관광객들이 휴게소로 몰려들었다. 금세 자리가 차버렸지만, 정유는 운 좋게 기둥에 가려져 있는 구석 자리를 찾아 앉을 수 있었다. 그러자 예견된 불행처럼 한국인 무리가 그녀 옆에 주르르 앉았다. 결국 그들에게 둘러싸여 오도 가도 못 하는 처지가 되어버렸다.

뒤늦게 한국인이 아닌 척해보려 했으나, 정유가 카톡을 사용하는 걸 알아차린 사람이 대뜸 인사를 건넸다. 곧 딸뻘의 한국 여자가 혼자 이곳에 왔다는 말이 퍼지면서, 무리의 관심이 정유에게 집중되었다.

"혼자 왔어? 여자 혼자? 여기를? 겁도 없네."

"학생이야? 학교는?"

"아니야. 쪼맨해서 그렇지 나이가 들어 뵈네. 목주름 봐. 목주름은 못 감추거든. 회사는? 휴가야?"

"결혼은? 안 했어?"

"답답아, 안 했으니 혼자 돌아댕기지."

폭죽이 터지듯 질문들이 우르르. 처음 몇에는 답을 해보려고 했으나, 딱히 답을 하고 안 하고가 중요하지는 않은 듯 바로 다음 질문으로 넘어갔다. 정유는 어떻게 해서든 빨리 이 상황을 모면하고 싶었다. 하지만 빗줄기는 점점 거세졌고, 그 사이 화장실에 다녀온 사람들이 촘촘히 그녀의 주위를 둘러싸버렸다.

"아가씨. 젊을 때 아껴야 해. 우리 봐봐. 젊을 때 애 다 키워놓고 이제 놀러 다니잖아. 얼마나 좋아? 젊을 때 쏘다니고 돈쓰고 그러면 늙어 고생해."

"요즘 애들은 엄살이 심해서 시집도 안 가고 애도 안 낳고."

"그러게. 누리는 줄은 모르고 죄다 모지란 것만 꼽는다니깐. 안 그래, 아가씨?"

무리의 입에서 '아가씨'의 과장된 쌍시옷 발음이 나올 때마다 신경줄기가 씹히는 기분이었다.

"잠, 잠시만요. 화장실 좀."

결국 정유는 자신을 둘러싼 무리를 힘겹게 뚫고 밖으로 뛰쳐나갔다. 밖은 아직 비가 세차게 내리고 있었지만, 다시 돌아갈 자신이 없었다. 할 수 없이 비바람이 몰아치는 들판을 향해 내달렸고, 많은 이들이 들판을 가로지르는 그녀를 걱정 어린 눈빛으로 바라보았다. 다락방으로 돌아온 정유는 그날 밤부터 심한 근육통을 동반한 몸살에 시달려야 했다.

꼬박 이틀을 앓았다. 그녀가 이틀째 방 밖으로 나오지 않자, 헬레나가 문을 두드렸다. 헬레나는 작은 동양 여자가 자신의 다락방에서 몹쓸 짓을 하지는 않을까 염려하는 눈빛으로 레몬차를 내밀었다.

"따뜻할 때 마셔. 그리고 이거 먹어봐."

족히 180은 되어 보이는 헬레나가 머리맡에 서서 내려다보고 있으니 마치 신이 자신을 굽어보는 것만 같아, 정유는 미천한 몸을 추스르며 일어났다. 그러고는 헬레나가 건넨 까만 돌멩이를 손에 받아 들었다.

돌멩이의 이름은 '드롭'이고 네덜란드 전통 사탕이라고 했다. 냄새를 맡아보니 한약재 혹은 강한 흙냄새가 났다. 쉽게 입에 넣지 못하고 있자 헬레나는 먹을 때까지 나가지 않을 심산으로 바라보았다. 거부할 수 없는 그녀의 눈빛에 까만 돌멩이 하나를 조심스럽게 입에 넣었다. 사탕과 젤리의 중간 질감에 맛은 달면서도 쌉싸름한, 결코 맛있다고는 할 수 없는 낯선 맛이었다. 입에 넣는 순간 뱉고 싶었지만, 헬레나가 지켜보고 있어 간신히 참았다.

"기분이 좋아질 거야."

헬레나는 정유가 드롭을 뱉지 않은 것을 확인한 뒤, 만족한 듯 방의 온도를 체크하고 나갔다. 정유는 입 안에 맴도는 드롭의 쓴맛을 달달한 레몬차로 중화시키다 잠이 들었다.

다음 날 아침, 레몬차 덕분인지 아니면 드롭 덕분인지 거짓말같이 몸살 기운이 없어졌다. 그제야 정유는 침대에서 일어나 방 안을 둘러보았다. 먹을 게 없었고, 오래 누워 있어서 허리가 끊어질 듯 아팠다. 지금이 며칠인지 낮인지 밤인지 구분도 되지 않았다. 여행자로서 완벽한 실격이다. 정유는 날려버린 시간을 만회하기 위해 얼른 샤워를 하고 옷을 갈아입었다.

그런데 벗은 모양 그대로 허물처럼 굳어 있던 바지에 다리를 넣는 순간, 뭔가 이상한 느낌이 들었다. 바짓단이 약간 짧아진 것 같았다. 붙박이 옷장에 붙은 거울에 몸을 비춰보니, 느낌만 그런 게 아니라 발목이 보일 정도로 바짓단이 올라가 있었다.

"이걸 빨았었나?"

어쩌면 그럴지도 모르지. 정유는 깊게 생각하지 않고 발목이 살짝 드러난 채로 다락방에서 나왔다.

근 사흘 만에 걷는 암스테르담 거리는 눈부시게 화창했다. 앓고 났더니 몸에 쌓여 있던 노폐물이 땀으로 빠져나가서인지 몸도 마음도 가뿐했다. 정유는 경쾌한 발걸음으로 운하를 따라 암스테르담을 산책했다. 관광용 보트가 운하 위를 유유히 흐르고 있었는데, 평소라면 하지 않았을 행동을 왠지 해

보고 싶었다. 손을 번쩍 들어 배에 탄 관광객들을 향해 인사하자 그들도 유쾌하게 손을 흔들어 답했다. 사소한 도전에 기분이 좋아져 가볍게 뛰듯이 걸었다. 그럴 때마다 짧아진 바짓단 밑으로 발목이 더 길게 드러났다.

오늘은 왠지 관광지보다 아무렇게나 헤매 다니고 싶었다. 마트에서 샌드위치와 음료수를 사서 공원으로 갔다. 잔디 위에 전단지를 깔고 누워 내리쬐는 햇살을 받으니 온몸이 소독되는 기분이었다. 이 햇살처럼 오늘, 아니 남은 여행 동안 반짝거리는 일들이 펼쳐질 것만 같았다.

오는 길에는 전부터 눈여겨보았던 카페에 들어가 태블릿으로 콘티 작업을 했다. 막혀서 좀처럼 풀리지 않던 지점의 아이디어가 샘솟아 다음 컷으로 빠르게 넘어갔다. 그렇게 지지부진했던 대목을 단숨에 끝낸 후 스스로에게 주는 보상으로 티라미스 한 조각을 추가로 주문했다. 입 안 가득 티라미스의 단맛을 느끼며 남은 시간은 멍하니 지나가는 행인들을 구경했다. 뭔가를 보고 즐겨야 한다는 강박에서 벗어나니 훨씬 여유로워졌다. 진작 이렇게 헐겁게 여행할걸, 하는 후회까지 들었다.

느슨한 하루를 보내고, 다락방으로 올라가다 계단에서 헬레나를 만났다.

"고마워. 어제 네가 준 레몬차와 사탕 덕분에 몸이 좋아진 것 같아."

수줍은 인사에 헬레나는 잇몸이 훤히 보이는 시원한 미소로 굿, 하고 답했다. 그러고는 주머니에서 드롭 한 봉지를 꺼내 건넸다.

"마음에 들었다니 다행이야. 자, 받아. 하루에 하나씩만 먹어. 한꺼번에 많이 먹으면 조금 위험할지도 몰라."

헬레나는 뉘앙스를 알 수 없는 장난스러운 윙크를 던졌다. 서양인 특유의 과장된 제스처에 어떻게 반응해야 할지 몰라 정유는 어색하게 웃으며 드롭 봉지를 받았다. 투명한 플라스틱 봉투 안에는 까만 바둑알 같은 드롭이 서른 개쯤 들어 있었다. 이번에는 망설이지 않고 냉큼 한 알을 입 안에 넣었다. 다시 먹어도 적응되지 않는, 씁쓸하고 쿰쿰한 어른의 맛이었다. 하지만 묘하게 중독성이 있어 끝까지 뱉지 않고 쪽쪽 빨아 먹었다.

그날 밤 정유는 높은 곳에서 떨어지는 꿈을 꾸었다. 어디였더라, 그곳은. 그래, 잔서스한스의 풍차 꼭대기에서 떨어지는 꿈이었다. 풍차 밑에서 옛 회사 사람들, 가족들, 친구들, 그리고 단체 관광객들이 모두 모여 떨어지는 정유를 향해 새끼 새처럼 입을 벌리고 있었다. 신기한 건 멀리서도 입을 벌린 사람들의 입 속이 훤히 보였는데, 새빨간 혓바닥 위에는 까만 드롭이 한 알씩 놓여 있었다. 그 모습이 기괴하다고 생각하는 순간 풍차에서 떨어졌다.

정수리가 간지러워 손으로 벅벅 긁으며 정유는 잠에서 깼다. 어젯밤에 머리를 감고 잤는데도 참을 수 없이 근질거렸다. 누군가 두피 안쪽을 면봉으로 살살 긁는 것 같았다. 그러고 보니 무릎과 발목도 시큰거렸다. 어제 정신없이 걸어 다녔기 때문일까. 정유는 관절에 무리가 가지 않게 최대한 무게중심을 좌우로 분산시키며 침대에서 일어났다. 화장실에 가려는데 문득 맞은편 옷장에 붙은 거울을 보고 놀라 눈을 비볐다. 잠옷으로 입고 있던 추리닝이 댕강 짧아졌기 때문이다. 잘못 본 건가 싶어 다시 살폈지만, 바짓단 길이만이 아니라 뭔가 또 달라져 있었다. 방 안 공기의 온도랄까, 흐름이랄까.

"……키가 커졌어."

정유는 자신이 내뱉은 말에 놀랐다. 그러고는 조심히 벽에
붙어 섰다. 전에는 전등 스위치가 높아 손이 겨우 닿았었는데
지금은 까치발을 하지 않고도 쉽게 불을 켰다가 끌 수 있었
다. 의심의 여지없이 키가 커졌다. 순간 흡― 하며 숨을 들이
켰다. 그리고 이성적으로 생각하려 애썼다. 아직 몸이 완전히
회복되지 않아 일시적인 감각 이상이 생긴 것이라 추측했다.
아니라면 꿈인지도. 평소에도 자주 번잡한 꿈을 꿨고, 그 꿈
에서 깨지 못해 한참을 헤매고는 했으니까.

잠시 머릿속으로 경우의 수를 굴려보다 쉽사리 답이 나오
지 않자 아무렴 어때, 싶어졌다. 어쨌든 나쁜 일은 아니니까,
키가 큰다는 건 일생의 소원이었으니. 몸살 기운이든 꿈이든
일단은 이 상황을 즐기자고. 어디서 튀어나온 건지 모를 대책
없는 긍정이 뿜어져 나왔다.

계단을 내려오던 정유는 천장에 이마를 박을 뻔했고, 그 덕
에 다시 한 번 키가 커진 걸 확신했다. 밖으로 나오자 그녀의
변화를 알아챈 양 온 히의 물결이 수군거리듯 일렁였다. 거리
로 나와서는 지나치는 사람들과 눈짐작으로 키를 재보았다.

머리 서너 개쯤 차이가 나던 것이 한 개 정도로 줄어 있었다. 이제 더 이상 어린아이로 보이지도, 지나치는 사람들이 미처 정유를 보지 못해 부딪히는 일도 없었다. 게다가 몇몇은 정수리가 보이기까지 했다. 아이들을 제외하고 누군가의 정수리를 내려다본 적이 있었던가. 믿을 수가 없었다.

그 길로 늘 쇼윈도만 구경하던 여성복 매장에 들어갔다. 키가 크면 한 번쯤 입어보고 싶었던 롱 원피스를 집어 들었다. 전이라면 아랫단이 질질 끌렸을 텐데 발목이 살짝 보일락 말락 할 정도로 기장이 딱 알맞았다. 정유는 기분이 좋아져 대여섯 벌의 옷을 입어보고 가장 마음에 드는 하나를 샀다.

원피스를 입고 암스테르담 이곳저곳을 거니니 그동안 보이지 않던 풍경들이 새로운 시선으로 다가왔다. 길을 잃지 않으려고, 어깨를 잔뜩 움츠린 채 다니느라, 보지 못했던 것들이 보이기 시작한 것이다. 다 같은 돌덩이인 줄 알았던 건물의 외부 조각상들은 제각각 다른 모양이었고, 간판들도 저마다의 개성이 있었다. 이 도시가 이렇게 생동감이 넘쳤었나. 유쾌하고 활력 넘치는 바로 이런 모습이 자신이 꿈꾸던 암스테르담이었다.

숙소에 돌아오자마자 정유는 곧장 거울을 보고 다시 키를 체크했다. 아직 키가 줄지 않았다. 꿈도 환상도 아니구나. 재차 확인한 뒤 다시금 추측에 들어갔다. 원인이 뭘까? 정확히 알 수는 없지만 의심이 가는 게 있었다. 바로 헬레나가 준 드롭. 색깔부터 오묘한 그 까만 돌멩이가 마력을 발휘한 게 아닐까……. 그 후 정유는 잠자리에 들기 전에 꼭 드롭을 혓바닥에 올려 혀로 녹이며 잠들었다. 그러고 나면 다음 날 어김없이 잠옷 길이가 짧아져 있었다. 어느 날은 그녀의 커진 몸을 버티지 못하고 잠옷 단추가 터져버렸고, 다음 날은 엉덩이 사이가 터졌다.

다행히 새로 산 롱 원피스가 있어, 정유는 터진 잠옷을 벗고 원피스로 갈아입었다. 하지만 발목까지 오던 롱 원피스도 겨우 무릎을 덮을 뿐이었다. 어쨌든 입을 옷이 있어 천만다행이라고 생각하며 그녀는 밖으로 나갔다. 이제 웬만한 사람들은 정유보다 한 뼘씩 작았다. 처음 암스테르담에 왔을 때 거인처럼 보이던 사람들이 모두 제 밑으로 보이는 것이 마냥 신기했다. 하지만 걸을 때마다 성장기 아이들처럼 발목, 무릎, 손목 마디마디가 근질거려 가능한 한 천천히 걸어야만 했다. 그렇게 온종일 암스테르담 시내 곳곳을 거북이걸음으로 걸어 다녔고, 종종 관광객들이 그녀의 거대한 그림자에 놀라 고개를 꺾어 올려다보았다. 그럴 때면 과시하듯 어깨를 더 넓게 펴고 고개를 빳빳이 들었다.

다리가 아파 잠시 쉬고 싶었던 차, 화려한 네온사인이 빛나고 있는 환락가가 눈에 들어왔다. 커진 키만큼 용기가 샘솟은 정유는 성큼성큼 걸어 들어갔다. 고개를 푹 숙이고 종종걸음으로 도망치듯 걸었던 며칠 전과 달리, 오늘은 허리를 꼿꼿이 펴고 골목의 풍경을 마주했다. 퇴폐적인 분위기로 가득했던 골목은 전과 다른 인상이었다. 여전히 낯 뜨겁기는 했지만, 왠지 모르게 경쾌하고 활기찬 분위기가 거리 곳곳에 흘렀다.

"헬로!"

쇼윈도 안팎의 호객꾼들과 펍 테라스에 앉은 사람들이 환하게 웃으며 그녀에게 인사를 건넸다. 정유는 짐작했다. 그들이 호의를 보이는 건 자신이 더 이상 작지 않고 커졌기 때문이라고.

어둠이 내려앉자 홍등가의 불이 하나둘 켜지며 어디선가

재즈 음악이 새어 나왔다. 정유는 마음에 드는 펍에 자리를 잡고 앉아 맥주를 시켰다. 그때 앞자리에 앉아 있던 노부부가 일어나, 음악에 맞춰 춤을 추기 시작했다. 사람들은 노부부의 춤사위에 박수를 쳤고, 하나둘 재즈 선율에 몸을 맡겼다. 그 풍경을 나른한 눈으로 바라보던 정유에게 누군가 손을 내밀었다. 올려다보니 낯익은 얼굴이었다. 넘어진 그녀를 일으켜 주려 했던, 경계면의 그였다.

"우리 두 번째지. 이 정도면 운명인 것 같은데."

그의 말이 영화 대사처럼 간질간질했기 때문인지, 아니면 뿌리치고 도망쳤던 것이 미안해서였는지 정유는 그가 내민 손을 흔쾌히 잡았다. 그리고 그와 함께 춤을 추었다.

정유는 거인처럼 보였던 그와 편하게 눈을 맞추었다. 같은 높이에서 보이는 그의 속눈썹은 아주 길고 예뻤다. 눈동자는 짙은 남색이었는데, 꼭 고흐의 「별이 빛나는 밤」 속 밤하늘 같았다. 미술관에서 보지 못했던 그림을 사람의 눈동자 속에서 찾은 순간, 들릴 듯 말 듯 작게 탄성을 질렀다. 세 곡이 돌 때까지 정유는 그와 한 몸이 되어 춤을 췄고, 사람들과 어울려 맥주를 마셨다. 뮤지컬 속 한 장면 같은 유쾌하고 낭만적인 밤이었다.

교양 댄스 시간 이후로 누군가와 춤을 춘 적이 있었던가? 정유는 기분 좋은 피로감을 느끼며 계단을 올랐다. 다락방 앞에 도착했을 때, 문에 붙은 카드를 발견했다. 헬레나가 남긴 메시지였다. 오늘부터 여름휴가를 떠나니 편하게 지내다 퇴실할 때 열쇠는 현관에 두고 가라는 내용이었다. 휴가 갈 예정이라고 듣기는 했지만 마지막 인사도 못 해 섭섭했다. 더욱 아쉬웠던 건 헬레나를 만나면 그녀가 준 드롭의 정체가 무엇인지 물어보려고 했는데, 그럴 수 없게 되었다는 것이다. 하지만 더불어 묘한 안도감도 들었다.

정유는 커진 키 때문에 여기저기 부딪혀 생긴 혹을 만지작거리며 침대에 누웠다. 온종일 돌아다닌 탓에 금세 잠이 들었고, 눈을 떴을 때는 오후 12시가 넘어 있었다. 게다가 어제보다 키가 더 커졌는지 다리가 침대 프레임 밖으로 삐죽 튀어나와 있었다. 정유는 침대 밖으로 나가려 했으나, 이제는 방 안에 제대로 서 있을 수도 없을 만큼 키가 커져 그마저도 쉽지 않았다. 게다가 거울에도 다 들어가지 않아 얼마나 키가 큰 건지 확인조차 할 수 없었다.

슬슬 겁이 나기 시작했다. 어제는 바로 잠드는 바람에 드롭을 먹지도 않았는데…… 자신이 미쳐버린 걸까. 무슨 심각한 병에 걸린 건 아닐까. 한국으로 돌아갈 수는 있을까……. 천장에 닿지 않으려 상체를 잔뜩 숙인 채, 거세지는 불안감을 떨치기 위해 괜히 냉장고를 열었다. 마땅히 먹을 건 없었고 대신 세일할 때 쟁여둔 맥주가 보였다. 뭐라도 배 안에 넣지 않으면 불안해 미칠 것만 같아 맥주를 따서 마시기 시작했다.

안주도 없이 빈속에 맥주 세 병을 마신 후 문득 드롭이 담긴 봉투가 눈에 들어왔다. 손바닥에 드롭을 부으니, 아홉 알이 남아 있었다. 술기운 덕인지 차오르던 불안감은 가라앉고, 왠지 이걸 다 먹으면 어떻게 될까 하는 호기심이 그 자리를 채웠다. 정유는 드라마의 결말이 궁금해 잠 못 드는 마음으로 드롭을 모두 털어 넣었다.

잠에서 깨어났을 때, 왼쪽 다리는 테라스 밖으로 오른쪽 다리는 현관문 밖으로, 양팔은 화장실과 침창으로 세 갈기 비어져 나가 있었다. 다락방을 마치 등껍질처럼 짊어진 정유는 꿈틀거리며 자세를 되잡았다. 그리고 비어져 나간 다리 한 짝, 팔 한 짝을 천천히 거두어들이며 생각했다. 더 이상 이 집에 머무르다가는 집을 완전히 망가뜨리겠다고. 그 길로 좁은 계단을 기다시피 해서 간신히 밖으로 나왔다. 어느새 자정이 넘었고, 주말 밤의 거리는 고요했다.

그녀는 운하를 따라 천천히 걸었다. 걸을 때마다 자신의 발걸음 소리가 너무 크게 들려 깜짝깜짝 놀랐다. 기린만큼 커진 탓에 길고양이들이 학을 떼며 도망쳤고, 만취한 취객이 기겁하며 나자빠졌다. 어쩔 수 없이 정유는 외벽을 타고 지붕 위로 올라갔다. 그리고 지붕들 위를 걸어 다니기 시작했다. 하지만 아무리 살살 걸어도 지붕의 외장재가 부서져 바닥으로 떨어졌다. 게다가 그녀의 발소리에 사람들이 깨어나 불을 켜고 밖을 내다보기 시작했다. 사람들에게 들킬까 봐 두려워진 정유는 뒷걸음질을 치다 발이 미끄러졌고, 그대로 지붕 밑으로 떨어질 뻔했다.

그 순간 가슴 쪽이 따끔따끔하더니 마치 에어백이 터지듯 흉부부터 부풀어 올랐다. 그리고 몸이 젤리처럼 혹은 솜사탕처럼, 아니 물 풍선처럼 변하기 시작했다. 정유의 몸은 곧 바

람이 가득 찬 거대한 퍼레이드 풍선같이 두둥실 떠올랐다. 덕분에 더 이상 지붕을 부수거나, 잠든 사람을 깨우지 않고 무게감 없이 움직일 수 있게 되었다. 정유는 이제 아무것도 해치지 않는다는 생각에 안도하며 둥— 둥— 기분 좋은 탄성을 느꼈다.

암스테르담의 밤을 뛰어넘어 어느새 건물들이 사라진 들판에 도착했다. 밤바람에 느리게 움직이는 풍차들이 보였고 그 밑에는 소 떼와 양 떼가 잠들어 있었다. 정유는 가축들이 깨지 않도록 큰 보폭으로 들판을 사뿐사뿐 건넜다. 목장을 지나 작은 호수에 도착해서는 손으로 호수의 물을 떠 마셨다. 목을 축인 후에는 숨을 고르기 위해 밤공기를 힘껏 빨아들였는데, 그러자 폐가 부풀며 몸집이 더 커졌다. 커진 몸에 비해 몸속 공기의 밀도는 낮아져 움직임은 한결 유연해졌다. 정유는 아마 이 지구상에서 자신이 제일 커다란 사람일 거라는 확신이 들었다. 그 확신은 그녀를 흥분시켰고, 손발이 저릿저릿해질 만큼 심장이 뛰었다.

신기한 일은 단지 몸이 커졌다는 점만이 아니었다. 키가 커지기 시작하면서 머리를 싸매고 고민했던 인생사의 모든 문제가 하찮게만 느껴졌다. 어느 순간부터 과거에 대한 불만족, 현실의 불완전함, 미래에 대한 불안감 등 앞에 '불' 자가 붙는 온갖 찝찝하고 거슬리는 감정들을 좀처럼 생각하지 않게 되었다. 짊어지고 있던 달팽이 껍질이 몸이 커지면서 빠삭 하고 깨져버린 것만 같았다.

그녀는 자신을 둘러싼 주변이 황홀하게만 보였다. 마치 고흐의 「별이 빛나는 밤」 속 같았다. 짙푸른 밤과 흩뿌려진 별들이 입김의 열기와 뒤섞여 휘몰아치고 있었다. 정유는 이 기분을 뭐라고 표현해야 할지 고민했다. 승패를 가를 한 장의 카드를 고르듯 신중히 단어를 골랐다. 마땅한 말이 떠오르지 않았다. 그러다가 문득 머릿속에서 부유하는 몇 개의 단어 중에서 하나를 건져내었다. 여행 내내 찾아 헤매었던, 네덜란드 여행의 목적.

그것은 '환희'였다.

그렇다. 그녀는 드디어 그토록 느껴보고 싶었던 환희를 느낀 것이다.

폐의 쭈그러진 부분을 채우는 기분으로 힘껏 밤공기를 빨아 당겼다. 순간 폐가 부풀어 오르며 몸은 더 커졌고, 더 이상 공기가 들어갈 자리가 없어지자 발이 땅에서 떠올랐다. 살짝 몸이 뜬 순간 정유는 마치 계란 흰자와 노른자가 분리되듯 육체와 영혼이 분리되는 느낌을 받았다. 잠시 후 몸이 땅에서 점점 멀어지더니 둥실둥실 떠다니기 시작했다. 처음에는 균형을 잡지 못해 당황했지만 점차 한쪽으로 기울지 않고 떠 있을 수 있게 되었다. 마치 물속에서 헤엄치는 것과 비슷했다. 균형을 잡은 후부터는 통통해진 양 팔과 다리를 허공을 향해 내저었다. 그러자 몸이 밤바람을 가르며 천천히 밤하늘을 향해 나아갔다.

정유는 온몸에 힘을 뺄수록 더 높이 더 편안하게 떠 있을 수 있다는 걸 깨달았다. 곧 긴장감으로 꽉 죄어 있던 마음의 허리띠를 풀어 헤치고 밤하늘을 유영했다. 그녀가 하늘에 넓게 자리를 잡아 달빛을 가리자, 잠들어 있던 양들이 무슨 일인가 싶어 눈을 떴다. 하지만 양들은 곧 아주 큰 구름이라고 생각하고 다시 몸을 말아 잠이 들었다. 그렇게 그녀는 밤하늘에서 가장 커다란 구름이 되었다.

밤하늘을 둥실둥실 떠다니던 정유는 어느새 풍차 마을인

잔서스한스에 도착했다. 풍차와 풍차 사이를 곡예하듯 비행하다 들판에서 제일 큰 풍차를 지나치던 순간이었다.

갑자기 펑— 하는 폭발음이 들판에 울렸다.

그 소리에 잠들어 있던 소들과 양들이 화들짝 깨어났다. 풍차의 날카로운 날개에 허벅지를 찔린 것이다. 그 때문에 생긴 작은 구멍 사이로 바람이 급격한 속도로 빠져나왔고, 삐이이이익— 하는 휘파람 소리와 함께 정유는 그대로 공중으로 치솟았다. 로켓처럼 발사되어 들판을 지나, 고요한 운하를 건너, 뾰족한 크레파스 모양 지붕들 위를 순식간에 지나쳤다. 눈 깜짝할 사이에 그녀는 암스테르담으로 돌아왔다. 마침내 숙소 근처에 도착했을 때에는 몸속 공기가 거의 빠져나간 상태였고, 정유는 추진력을 잃은 채 운하 위로 추락했다.

다음 날, 암스테르담의 한 지역 일간지에 운하에 떨어져 있던 아시아 여성의 소식이 실렸다. 최초 발견자는 그녀의 작은 체구 탓에 어린아이 시신을 발견했다고 신고했고, 출동한 경찰들 역시 그녀를 아이로 착각하는 바람에 수사에 혼선이 빚어졌다. 하지만 곧 146센티 단신의 20대 여성 관광객으로 신원이 밝혀졌다. 그녀의 상반신은 보트 하우스를 매어두는 밧줄에 걸쳐져 있었고, 하반신은 물에 잠겨 있었다.

자극적인 기사에 목말라 있던 한 인터넷 매체가 섣불리 그녀가 사망했다고 오보를 냈다. 하지만 몇 시간 뒤, 따뜻해진 날씨 덕에 다행히도 생명에는 지장이 없다는 정정 기사가 나왔다. 암스테르담 경찰은 병원에서 깨어난 그녀를 상대로 마약 검사를 했으나, 예상과 달리 음성 반응이었다고 전했다. 이후 술을 마신 것도 아니고, 누군가에게 공격을 당한 것도 아닌데 왜 운하에 빠져 있었냐고 묻는 경찰의 질문에 그녀는 이렇게 답했다고 한다.

오로지 '환희' 때문이었다고.

트린

베트남 달랏

Da Lat

달랏으로 정한 건, 프랑스에 대한 환상 때문이었다. 평소 동경하던 프랑스에 다녀오고 싶었지만, 유로화 환율이 급등해 경비가 부족했다. 그때 우연히 잡지에서 달랏에 관한 기사를 발견했다. 잔뜩 멋을 부린 서체로 "베트남의 작은 프랑스"라는 제목이 쓰여 있었다.

생소한 지명이었지만 프랑스와 닮았다는 말에, 상대적으로 경비가 저렴하다는 사실에 솔깃했다. 프랑스 식민지 시절 프랑스인들의 휴양지였으며 열대기후인 베트남의 여타 지방과 달리 고산 지대에 위치해 사계절 서늘한 봄 날씨를 유지한다고 했다. 아름다운 풍광 덕에 베트남 제일의 신혼여행지로 꼽

힌다는 설명도 덧붙여져 있었다.

그날 저녁 인터넷에서 사진 한 장을 보았다. 달랏에 있다는 가짜 에펠탑이었다. 호숫가에 세워진 거대한 전신주가 에펠탑과 제법 닮아 있었다. 그 사진을 본 후 주저 없이 비행기 티켓을 끊었다.

떠나는 날 아침, 베트남에 태풍경보가 내려졌다. 태풍은 내가 도착할 즈음 달랏을 관통할 것이라 했다. 여행을 미룰까 잠시 고민했다. 하지만 한국에 머무르느니 태풍 속으로 뛰어드는 편이 오히려 나았기에 예정대로 비행기에 올랐다.

비행기에 탑승하자, 라면 박스를 들고 탄 한국 남성이 먼저 눈에 띄었다. 그 옆엔 후하게 봐야 딸뻘인 베트남 신부가 아기를 품에 안고 있었다. 자지러지는 아기 울음소리에 머리가 지끈거렸다.

옆자리에 앉은 여자가 말을 걸어왔다. 호찌민에서 메이크업 기술을 가르치고 있다는 그녀는, 한국 남자들이 베트남에 여자를 구하러 많이 온다며 짜증 섞인 투로 말했다. 얼마 전에는 호텔에서 수영복 입힌 소녀들을 일렬로 세운 채 '신부 심사'를 한 일이 발각되어 나라 망신을 시켰다고, 그런 놈들 때문에 얼굴 붉힌 적이 한두 번이 아니라고 목소리를 높였다.

대충 놀람과 분노를 섞어가며 호응해주었다. 그러다가 더 듣고 있으면 여행 기분을 망칠 것 같아 잠든 척 창 쪽으로 고개를 돌렸다. 옆자리 그녀가 헤드폰을 낀 후에야 나는 슬며시 눈을 떠 밤하늘을 내려다보았다.

별을 볼 수 있을 줄 알았는데 하늘은 캄캄하기만 했다. 문득 책상 서랍에 넣어둔 별자리 사진들이 떠올랐다. 우주과학부 캠프에 갔을 때 찍은 사진들이었다. 프리랜서 사진작가인 사촌 동생이 몸이 좋지 않아 일을 쉬고 있던 참이었다. 노느니 아르바이트나 하라고 불러다 아이들에게 별 사진 찍는 법을 가르치게 했다. 캠프 날 동생은 아이들에게 돌아가면서 한 장씩 필름 카메라로 사진을 찍게 했다. 디지털카메라나 핸드폰으로만 사진을 찍던 아이들은 좀처럼 보기 힘든 별을, 그것도 수동 카메라로 별을 찍으라고 하니 모두 신기해하며 못생긴 감자처럼 웃었다. 사진을 현상해놓고 아이들에게 나눠주지 못해 못내 아쉬웠다.

그날 밤하늘을 바라보던 현서의 표정은 무척 맑았다. 현서는 쉴 없이 저건 어떤 별자리인지, 어떤 의미를 가지고 있는지 꼬치꼬치 물었다. 평소에도 호기심이 많은 아이였지만 유독 신이 나 보였다. 다른 아이들에게도 그런 현서의 들뜸이 눈에 띄었던 걸까. 현서가 찍을 차례가 돌아오자 공교롭게도 필름 마지막 장만 남아 있었다. 현서는 차—알—칵 셔터를 길게 눌렀다.

"선생님, 사진 안 나오면 어떡해요?"

서른여섯 장짜리 필름의 서른여섯 번째. 나도 확신이 서지 않았다. 하지만 속마음을 감추고 현서를 안심시켰다.

"틀림없이 나올 거야."

보통 보너스 한 장이 더해져 서른일곱 장까지 현상되니 아마도 나올 것이라 쉬이 짐작하며.

현서가 찍은 사진은 무사히 현상되었다. 오히려 다른 아이들 사진보다 별자리가 선명하게 찍혀 있었다. 살짝 나뭇가지를 걸친 구도가 제법 감각적이었다. 이다음에 멋진 사진가가 될지도 몰랐다. 그 아이가 자신이 찍은 사진을 직접 보았더라면 어떤 표정을 지었을까……

밤하늘에 하나둘 반짝임이 생겨나고 있었다. 기체가 불안정하니 안전벨트를 착용하라는 방송이 흘렀다. 안내 방송에 귀 기울이며 안전벨트를 맸다. 호찌민에 도착해 라면 박스 커플과 메이크업 강사가 내린 뒤, 내가 마지막으로 비행기에서 내렸다. 게이트를 지나자 습하고 뜨거운 공기가 밀려들었다.

곧 달랏으로 가는 국내선 항공기로 갈아탔다. 불안하게 툴툴거리는 경비행기를 타고 회색빛 하늘을 50여 분쯤 날아 달랏 공항에 도착했다. 공항은 작지만 제법 멀끔했다. 밖으로 나오니 태풍의 영향인지 금방이라도 비가 쏟아질 듯했다. 조금 전까지만 해도 하늘에서 내려다보고 있었는데…… 하늘을 올려다보고 있으려니 기분이 묘했다.

내 앞에 택시 한 대가 섰다. 기사는 묻지도 않고 트렁크를 차에 옮겨 실었다. 그러고는 깊게 팬 눈으로 나를 바라보기에, 핸드폰에 저장해온 가짜 에펠탑 사진을 들이밀었다. 그는 사진을 보자마자 고개를 주억거리더니 곧장 시동을 걸었다.

지금까지는 나쁘지 않다. 비행기를 타고 해외로 나온 것이 처음이라 내심 긴장하고 있었는데 시작이 제법 괜찮았다. 창밖으로 보이는 흐린 날씨도 괜스레 낭만적으로 보였다.

꼬불꼬불 산길을 넘어 40여 분쯤 들어갔을까. 마침내 달랏 시내에 도착했다. 바퀴가 멈춰 섰고, 가뿐한 마음으로 내리는데 예상치 못한 일이 벌어졌다. 택시가 그대로 출발한 것이다. 얼이 빠져 있다가, 트렁크와 배낭이 택시에 있다는 걸 깨닫고 소리치며 뛰어갔다. 하지만 차는 속도를 내 그대로 언덕을 넘어 사라지고 말았다.

누군가 무릎 뒤를 후려친 듯 다리에 힘이 풀려 주저앉았다. 낯선 땅에 도착하자마자 택시 강도를 당해 빈털터리가 되다니, 헛웃음도 나오지 않았다. 문득 시선이 느껴져 올려다보니 사람들이 나를 어항 속 붕어 보듯 바라보고 있었다. 입만 뻐끔대고 있는데 때맞춰 비가 내렸다. 모든 것이 생경한 타지에서 강도를 당한 맨몸에 비까지……. 더는 잔혹할 수가 없다는 생각에 기가 찼다.

간신히 정신을 부여잡고 눈앞에 보이는 식당으로 들어갔다. 주머니에서 예약한 숙소 전화번호를 꺼냈다. 내가 강도당하는 모습을 목격한 주인이 호의를 베풀어 전화를 걸어주었다. 숙소에서 사람을 보낸다고, 기다리고 있으라 했다. 안심하며 밖으로 나오자 비가 더 매섭게 퍼부어댔다. 베트남이 이렇게 추운 곳이었나. 달랏이 고산 지대여서 기온이 낮다고는 들었지만, 어깨가 으스스 떨릴 만큼 추웠다. 여행 전 베트남 하면 그을린 피부에 아오자이 입은 사람들을 상상했었는데. 차갑다 못해 시린 날씨에 현지인들은 두터운 점퍼를 입고 있었다. 왠지 모를 배신감이 들었다.

그때 저 너머로 눈에 익은 풍경이 보였다. 가짜 에펠탑이었다. 뒤늦게 달랏에 도착한 실감이 났다. 가짜 에펠탑을 둘러싼 호수 주변에 삼삼오오 사람들이 모여 있었다. 호숫가를 산책하던 교복 입은 학생들이 재잘거리며 자전거를 끌고 가는 모습은 빗속에서도 청량했다.

교복 입은 아이들을 보면 기분이 좋았다. 개개인으로 느껴지지 않고 하나의 에너지 덩어리로 느껴졌다. 불안정하지만 생생하고 신선한 에너지. 그 에너지가 나에게 전이되는 것 같아 보고만 있어도 충만해졌다.

대단한 목표나 사명감이 있어 교사가 되지는 않았다. 솔직히 가장 큰 이유는 안정된 철밥통이라는 점이었다. 학교에 남아 공부를 하거나 기업 연구원이 되고 싶었다. 하지만 넉넉지 않은 형편에다가 동생이 둘이나 되는 집안의 맏딸이라 확실하고 빠르게 자리 잡는 일이 우선이었다. 졸업하던 해에 임용고시를 보았고, 일생의 운을 다 쓴 게 아닌가 싶을 정도로 운 좋게 한 번에 합격했다. 그리고 이듬해에 집 근처 중학교로 발령을 받았다.

아이들이 뿜어내는 충만한 에너지는 한 발자국 떨어져 볼 때는 탐스럽기 그지없었다. 허나 그들을 책임지고 끌어주는 존재가 되고 보니 그만큼 세상 버겁고 부담스러운 게 없었다. 흘러넘치는 그 에너지에 휩쓸려 소진되지 않도록 늘 아이들과 적정 거리를 두었다. 학교에서 만나는 누구에게도 먼저 말을 걸거나 속내를 비치지 않았고, 그저 주어진 역할만 충실히 해냈다. 그런 나의 방어적인 태도 탓에 아이들뿐 아니라 동료 선생님들이나 학부모들도 나를 어려워했다.

하지만 현서는 달랐다. 다른 아이들은 좀처럼 마음을 열지 않는 나를 무서워하거나 혹은 애써 무시했다. 반면 현서는 두서없이 찾아와 엉뚱한 질문을 해대고 곧잘 뜬금없는 농담을 던지고는 했다. 나는 이 아이가 겁이 없는 건지, 눈치가 없는 건지 때때로 헷갈렸다. 그래도 싫지는 않았다. 꼭 아무 때나

배를 까고 벌렁벌렁 드러눕는 시골 똥강아지 같았다.

빗줄기는 더 거세졌다. 이제야 태풍을 피부로 체감했다. 시간이 지날수록 강해지는 빗줄기만큼 막막함이 휘몰아쳤다. 목에 걸고 있던 필름 카메라와 음료수를 사고 남은 잔돈이 가진 전부였다. 만일의 경우를 대비해 대사관을 찾아가야 하나. 달랏에 한국 대사관이 있던가. 집으로 연락해야 하나. 이런저런 방책을 떠올려봐도 이리저리 엉켜 꼬일 뿐이었다.

그 순간 자전거 한 대가 물웅덩이를 헤치며 서는 바람에, 피하느라 뒤로 넘어질 뻔했다.

"씬짜오!"

베트남 전통 모자를 쓴 앳된 소녀가 타고 있었다. 까무잡잡한 피부 덕에 하얗고 가지런한 이가 유난히 돋보였다. 소녀는 숙소 명함을 꺼내 뒤에 적힌 내 이름 석 자를 천천히 읽었다.

고개를 끄덕이자 소녀는 어설프지만 꽤 또렷한 발음으로 "안녕하세요"라고 인사했다. 갑자기 튀어나온 한국말에 나도 느리게 네, 안녕하세요, 하고 답했다.

"나 한국말 조, 금, 할 줄 알아요."

귓가에 한국어가 들리자 순간 눈물이 터질 뻔했다. 비 오는 날 마중 나온 엄마를 만난 아이처럼 반가워하는 내게 소녀는 대뜸 자신의 핸드폰을 들이밀었다. 화면에는 한국 가수 사진이 떠 있었다. 멤버들 이름은 모르지만 몇 명인지는 대충 아는 보이 그룹이었다. 소녀는 멤버들 이름을 하나하나 말하며 한국 연예인을 좋아해 한국어를 공부 중이라고 했다. 요즘 한류가 난리라더니, 어쨌든 말이 통하는 사람을 만났다는 안도감이 밀려왔다.

나는 곧장 소녀에게 20여 분 전 택시 강도를 당한 상황을 설명했다. 감정이 북받친 데다 비를 맞아 얼굴이 언 탓에 자꾸만 혀가 꼬였다. 앞뒤 안 맞는 내 설명을 용케 알아들은 듯, 소녀는 걱정 말라며 나를 달랬다. 국제 미아는 안 되겠다 싶어 한숨 놓자, 어깨가 떨리기 시작했다. 소녀는 입고 있던 점퍼를 내게 벗어주고 베트남 전통 모자까지 씌워주었다. 나는 염치없게도 어린 소녀의 옷을 냉큼 받아 입었다. 반팔 차림이 된 소녀는 자전거 뒤에 타라고 손짓했다. 자전거에 오르니 안장에 고인 빗물에 엉덩이가 축축해졌다.

"내 이름은 트, 린. 열여섯 살입니다."

소녀는 쑥스러워하며 자신을 소개했다. 가르쳤던 아이들과 같은 나이라 그런지 친근했다.

자전거는 비를 가르며 호숫가를 지나 시장 길로 들어섰다. 비가 와도 분주해 보이는 시장을 지나쳐 사거리를 꺾어 돌자, 전선줄이 복잡하게 얽힌 골목길이 나왔다. 프랑스 식민지 시절의 잔재로 유럽풍 건물들이 남아 있어 이국적이었다. 사고만 없었더라면 지금쯤 느긋이 거리를 구경했을 텐데……. 다시 설움이 밀려왔다. 가쁜 숨을 달래며 힘차게 페달을 밟고 있는 트린의 뒷모습에 애써 감정을 눌렀다.

반팔 아래로 드러난 트린의 가는 팔뚝에 도돌도돌 닭살이 돋아 있었다. 미안함과 동시에 처음 보는 소녀에게 의지할 수밖에 없는 상황이 어이가 없었다. 트린은 달랏에 왜 왔는지, 얼마나 있을 계획인지 등등 서툰 한국말로 질문을 쏟아냈다. 설움에 자꾸만 목이 잠겨 고개를 떨어뜨리고는 아무 말도 안 했다. 대꾸가 없자 트린도 페달만 밟아나갔다. 자전거가 흔들릴 때마다 축축이 젖은 달랏 풍경이 모자 너머로 보였다 가려졌다 했다.

분주한 골목길을 지나 멀리 산등성이가 보이는 으슥한 숲길 어귀에 자전거가 섰다. 어느새 하늘은 회색빛으로 변했고, 검은 숲길은 묘한 기운을 뿜어냈다. 트린은 자전거를 세워두고 안쪽으로 나를 안내했다. 나는 불안감에 걸음을 멈추었다. 예약할 때는 숲속에 있는 프랑스풍 별장이라는 말에 혹했었다. 하지만 이렇게 깊은 숲에 있으리라고는 생각 못 했다. 더욱이 조금 전 강도를 만난 탓에 경계심이 강해져 쉽사리 안으로 들어갈 수 없었다. 트린은 괜찮다며 내 손을 잡아끌었다. 나는 얼떨결에 한 발짝 한 발짝 따라갔다.

숲으로 들어오니 시야가 좁아져 주먹에 힘이 들어갔다. 트린은 서툰 한국말에 간간이 영어를 섞어가며 말했다. 큰오빠가 경찰이고, 짐을 도둑맞았다고 이야기해둘 테니 걱정 말라고 했다. 어린아이처럼 고개만 까닥이며 어둠 속을 따라 걸었다. 5분쯤 걸었을까, 마침내 숲 한가운데에 도착했다.

그곳에 베트남이라고는 믿기지 않는 고풍스러운 유럽식 저택이 있었다. 새삼 달랏에 오기로 결심한 이유가 떠올랐다. 프랑스와 닮아 있는 곳. 아물거리는 허영으로 선택한 여행지.

저택의 모습에 압도되어 한동안 말을 잃었다. 트린은 이 저택은 먼 친척 소유이고, 자신은 학비를 벌기 위해 비수기에만 일을 돕는다고 했다. 여행 책자에서 프랑스인들이 식민지 베트남을 떠날 때, 자신이 살던 집과 별장을 가정부나 마을 사람들에게 헐값에 넘겼다는 설명을 읽었다. 그런 집들 다수가 여행객을 위한 숙소로 개조되었다더니, 이 저택도 그런 경우 같았다. 트린은 비수기인 데다 보수공사 중이라 나밖에 묵는 사람이 없다고 덧붙였다. 이 숙소를 선택한 이유도 절반 넘게 할인된 숙박료 때문이었다. 하지만 정말 숙박객이 나 말고는 아무도 없다고 하니 무척 당황스러웠다.

높아지던 불안감은 저택 안으로 들어가자 이내 잠잠해졌다. 신비로운 분위기의 저택은 지상 3층, 지하 1층으로 되어 있고 기다란 문을 열면 로비로 쓰는 거실이 나왔다. 둥근 반원형의 창이 거실을 감싸고, 거실 한가운데에는 유선형 소파가 놓여 있었다. 주방에 있는 고풍스러운 느낌의 전면 창과 중세풍 기다란 식탁도 멋스러웠다. 부처의 머리며 연도를 알수 없는 고서적, 칠이 벗겨진 테이블과 멈춘 괘종시계 등 집안 곳곳 아무렇게나 놓인 골동품들이 신비감을 더했다. 2층으로 올라가는 계단 밑에는 1인용 소파가 있었다. 오래되어

가죽 일부분이 벗겨지기는 했지만 어딘가 은밀하고 고급스러운 느낌이 들어, 비밀 연인에게 서신을 쓰는 누군가의 모습이 환영처럼 떠올랐다.

한창 집 구경에 정신이 팔려 있는데 갑자기 거센 바람이 밀려들었다. 트린이 문을 열어젖혀 베란다 쪽으로 나갔기 때문이었다. 밖으로 나가니 그새 비바람이 심해져 몇 걸음 가지 않았는데도 어깨가 젖었다.

베란다 끝에는 뒷마당과 연결된 밀실 같은 방이 있었다. 열 평도 채 되지 않는 공간에 새하얀 욕조와 침대, 그리고 그 맞은편에 벽난로가 자리해 있었다. 트린은 한쪽에 쌓여 있는 장작들을 벽난로에 던져 넣었다. 예상치 못한 추위에다 비를 맞아 코끝이 싸하고 온몸이 으슬으슬 떨렸다. 그런 나를 보고 트린이 재빨리 불을 지피기 시작했다. 장식용이 아닌 진짜 벽난로는 처음 봐 신기해하는 내 앞에서 트린은 익숙한 손놀림으로 마법처럼 불을 피웠다. 그러고는 내가 몸을 말릴 수 있도록 자리를 내어주었다. 나는 불 앞에 바짝 다가앉아 마치 춤추는 것 같은 검붉은 불빛을 바라보았다. 얼었던 몸이 녹아들었다.

한 단어를 반복해 말하다 보면 그 단어가 생전 처음 들어본 말처럼 낯설어질 때가 있다. 불꽃의 아롱거림을 지긋이 바라보고 있자 '불'이라는 단어 자체가 생소해져 기분이 이상해졌다.

딸꾹.

숨이 넘어갔다. 신기하게도 어릴 때부터 불을 보면 딸꾹질을 했다.

그날도 어김없이 캠프파이어 불꽃을 보며 딸꾹질을 했다. 불꽃 위로 아이들의 웃음소리와 장난치는 얼굴들이 넘실거렸다. 캠프파이어 열기가 한창 달아오르고 있을 즈음 두통이 일었다. 평소에도 편두통이 심했지만 하루 종일 아이들에게 시달려서 머리가 깨질 듯 아파왔다. 딸꾹질까지 더해지자 결국 참을 수가 없어 자리를 박차고 일어났다.

"선생님, 컵에 든 물이 한쪽으로 쏠리지 않게 수평을 맞추면서 천천히 물을 들이켜면 딸꾹질이 멈춘대요."

현서가 물이 든 컵을 들고 다가왔다. 반신반의하며 물의 수평을 맞춘 채 천천히 들이켜는 동안, 아이는 띄엄띄엄 이야기했다. 캠프파이어장을 가득 채우는 아이들 웃음소리가 시끄

럽게 이어져 중간중간 얘기가 끊어졌고, 그럴 때마다 현서는
목소리에 힘을 주었다.

오랫동안 우리 반 아이들에게 따돌림을 당했다고 말했다.
더 이상 버틸 수 없다며 고개를 떨어뜨렸다. 나는 현서의 떨
리는 손을 컵 건너로 바라보았다. 그리고 무슨 말을 했던가.

멈추지 않는 딸꾹질과 함께 "괜찮을 거야. 걱정 마"로 시작
해서 "친구들과 오해가 있었을 거다. 서로 이해하다 보면 다
잘될 거야"라는 등 스스로도 납득 못 할 두루뭉술한 몇 마디
를 건넸다. 이야기를 듣던 현서의 손이 떨림을 멈췄다. 나는
얼추 좋은 선생님, 좋은 어른의 역할을 해냈다는 만족감이
들었다. 그땐 미처 알아차리지 못했다. 떨림이 멈춘 건 지푸라
기라도 잡고 싶었던 아이의 심정이 절망으로 바뀌었기 때문
이라는 걸.

"선생님……."

현서가 초조한 목소리로 무어라 말했지만, 나는 점점 더 심
해지는 편두통에 어금니를 깨물었다. 캠프파이어장에서 흘러
나오는 음악 소리가 최고조로 커지자 어금니가 부서질 듯했
고, 나는 날카롭게 쏘아붙였다.

"다음에 이야기하자, 다음에."

현서는 움찔하며 한 발짝 물러섰다가 이내 한 발짝 다가왔다.

"선생님……"

노랫소리가 시끄럽게 이어진 탓에 현서의 마지막 말을 알아듣지 못했다. 그사이 나는 남은 물을 모두 마신 후 거짓말처럼 딸꾹질을 멈췄다.

"현서야, 선생님 딸꾹질 멈췄어."

고개를 들었지만 현서는 사라지고 없었다.

그날 밤, 현서는 산 중턱 절벽 아래로 영영 사라져버렸다.

방 안에 온기가 돌자 딸꾹질이 멈추었다. 하지만 속은 더 울렁거렸다. 불을 피우던 트린이 갑자기 내 팔을 쓰다듬었다. 나는 놀라 불에 덴 것처럼 팔을 빼냈다.

"한국 사람은 피부가 하얘서 예뻐."

트린은 한국 드라마에 나오는 여자들은 모두 흰 피부라 예쁘다며 초롱초롱한 눈으로 말했다. 주춤했다가 트린도 예쁘다고 하자 까르르 웃어 보였다. 트린은 한국 연예인들에 대해 물어보았고 나는 아는 선에서 대충 답해주었다. 물꼬가 트인 듯 잔뜩 신이 난 트린은 알고 있는 한국말을 총동원해 질문 공세를 퍼부었다. 다시 두통이 일어 쉬고 싶다는 생각이 간절 해졌다.

"피곤한데 그만 나가줄래?"

수선스레 재잘대던 트린은 내 말에 머쓱해하며 밖으로 나 갔다. 그녀가 나간 문 너머로 심상치 않은 빗줄기가 내리꽂혔 다. 그 우악스러운 빗소리에 잠들지 못해 나는 밤새 불판 위 의 생선마냥 뒤척거려야 했다.

다음 날 아침, 태풍의 기운은 더 짙어져 있었다. 트린은 이 번 태풍으로 한국인 관광객 두 명이 익사했다는 뉴스를 무거 운 표정으로 전했다. 그 때문이 아니더라도 거센 비바람에 도 저히 밖으로 나갈 수가 없었다.

식사는 트린이 가져온 빵으로 대충 때웠다. 프랑스 식민지 시절 제빵 기술이 전수되었다고 들었는데, 그래서인지 빵이 굉장히 부드럽고 맛있었다. 내가 허겁지겁 빵을 먹는 동안 트 린은 청소를 마쳤다. 그리고 4시 이후에 돌아오겠다고 하며 나갔다. 그녀가 떠나고 나는 숲속 저택에 혼자 남겨졌다. 오후가 되도록 비는 그치지 않았고 기분이 뒤꿈치까지 가라앉았다. 여행 계획표를 몇 번이고 읽으며 이 비의 끝이 언제일지, 가방은 찾을 수 있을지, 한국으로 돌아갈 수는 있을지…… 이런저런 생각에 우울함을 이불 대신 둘둘 만 채 반나절을 보냈다. 그러다 빗소리가 조금 잠잠해질 즈음, 첫 해외여행인데 마냥 갇혀 있을 수는 없다는 생각에 용기를 내어 밖으로 나섰다.

저택을 둘러싼 나무 수만큼이나 숲은 기묘한 기운으로 빽빽이 차 있었다. 탐험가라도 된 듯한 마음으로 우산을 바투잡고 질퍽이는 산길을 걸어 나아갔다. 길을 잃을까 연신 뒤를 돌아보며 걷는데, 저 너머로 나무숲에 가려져 있던 언덕이 보였다. 그 끝자락에 잿빛 폐건물이 금방이라도 무너질 듯 아슬아슬하게 걸쳐져 있었다. 호기심이 일어 거기까지 가보기로 작정했다. 새소리조차 들리지 않는 적막한 산길을 올라가자 심장이 뛰었다. 하지만 그 불안감이 묘한 자극이 되어 발걸음이 빨라졌다.

20여 분쯤 산길을 타고 언덕을 올랐을까, 마침내 폐건물에 도착했다. 통으로 트인 구조로 보아 버려진 교회나 마을 강당 같았다. 온통 기괴한 낙서가 그려져 있고 여기저기 그을음이 끼어 귀신이라도 나올 듯 을씨년스러웠다. 깨금발로 건물 안을 살피다 벽이 무너져 밖이 내다보이는 곳으로 조심스럽게 다가갔다.

흰히 뚫린 벽 사이로 달랏 시내 모습이 내려다보였다. 구름이 짙게 깔려 있어도 시야가 트여 답답했던 마음이 풀렸다. 장난감 같은 집들이 차곡차곡 쌓인 주택지 너머로 가짜 에펠탑이 보였고, 호숫가에는 구름이 몰려 있었다. 자연이 주는 위압감에 한기가 들어 옷을 여미는데, 문득 인기척이 느껴져 뒤를 돌아보았다.

꼭 사람 형체 같은 까만 그을음 외에는 아무것도 보이지 않았다. 미심쩍은 기분을 달래고 다시 뚫려 있는 벽 쪽으로 고개를 돌렸다. 그러자 깎아지른 절벽이 시야에 가득 들어왔다. 고소공포증에 호흡이 가빠지며 눈앞이 휘몰아쳤다. 안전거리를 확보하기 위해 뒤를 확인했다. 순간 목 뒤를 손톱으로 긁는 듯한 느낌에 오싹해졌다.

벽 너머로 붉은 아오자이 치맛단이 흔들리고 있었다. 마치

물속을 헤엄치는 붕어의 지느러미 같았다. 빛의 잔상인가. 눈을 깊게 깜박여 초점을 다시 맞추었다. 금세 붉은 기운은 사라지고 데면데면하게 서 있는 벽만 남았다.

현기증에 썩 물러 나왔다. 건물 너비를 재듯 손으로 벽을 짚으며 천천히 모퉁이를 돌았다. 그때 다시 붉은 아오자이를 발견했다. 방금까지 내가 서 있었던, 훤히 뚫린 그곳이었다. 아오자이는 불타오르듯 선명하게 붉어졌다. 혀가 뻣뻣하게 굳어 비명도 나오지 않았다. 붉은 치맛단이 용암처럼 내 쪽으로 흘러왔다. 그 붉은 손길에 사로잡히면 흔적도 없이 녹아버릴 것만 같았다. 뒷걸음질 치다가 부서진 벽의 잔해에 발이 걸려 넘어질 뻔했다. 간신히 균형을 잡고는 그대로 내달렸다.

밭은 숨을 몰아쉬며 그렇게 그곳을 빠져나와 산길을 타고 내려갔다. 비바람이 더욱 거세져 우산을 제대로 잡는 것조차 힘들었다. 저택의 위치를 되새기며 걸었지만 비바람에 시야가 가려 방향을 가늠할 수 없었다. 우산은 무용지물이 되어 온몸이 젖었다. 사방은 온통 검은 숲이었다. 나무들 사이로 수많은 얼굴들이 나를 굽어보며 웅성대는 것 같았다.

머리가 깨질 듯 아파 다리가 허청거렸다. 순간 누군가 낚아 채듯 우산이 바람에 날아갔다. 우산을 주우러 뛰어가다가 넘어져 흙투성이가 되고 말았다. 흙을 털어내자 무릎에 맺힌 핏방울이 드러났다. 피를 보니 긴장감이 허물어져 그대로 퍼질러 앉아버렸다. 시야가 아득해지고 나뭇잎 부딪히는 소리와 빗소리만이 귓가에 몰아쳤다. 거대한 구덩이 안에 나동그라진 기분이었다.

그때 멀리서 새하얀 형체가 어른거렸다. 검은 숲과 빗줄기 사이로 부유하는 유령처럼 보였다. 공포감에 등줄기가 쭉 펴졌다.

"거기 있어요?!"

트린의 목소리였다. 나는 얼른 손을 흔들어 위치를 알렸다. 하얀 아오자이를 입은 트린이 뛰어오는 모습에 어깨가 내려앉았다.

저택으로 들어오니 이가 딱딱 부딪힐 정도로 몸이 떨리며 열이 오르기 시작했다. 트린이 차를 끓여 내왔다. 떨리는 손으로 찻잔을 쥐는 바람에 차를 이불에 쏟고 말았다. 나는 미안해했으나 트린은 아무렇지 않은 듯 무릎에 약을 발라주었다. 알코올의 매운 기운이 코끝에 올라와 정신이 번뜩 들었다. 트린은 벽난로에 불을 피우며, 왜 비가 오는데 나갔느냐며 타박했다. 그녀의 잔소리를 듣고 있자니 엄마 집에 온 듯 마음이 풀어졌다. 트린의 손놀림에 불이 기지개를 켜며 피어올라 차츰 방 안에 온기가 돌았다.

정신이 들자, 그제야 나는 언덕 위 폐건물에 대해 물어보았다. 그곳에서 정체 모를 붉은 아오자이의 실루엣을 보았다는 말도 슬쩍 흘렸다. 나는 트린이 이 사람이 제정신인가 싶은 반응을 보일 줄 알았는데 웬걸, 그녀는 별일 아니라는 표정으로 덤덤히 말했다.

"아이 노우."

안다고? 그럼 내가 본 붉은 형체가 착각이나 환영이 아니란 말인가? 혼란스러워져 잠시 어안이 벙벙했다. 곧 숙소에 귀신이 나오면 환불 조건이 되나 안 되나 하는 계산속과, 얘기를 좀 더 파보고 싶다는 호기심이 뒤섞였다. 그런 내 마음을 읽었는지 트린은 놀라 아이를 달래는 투로 말을 이었다. 그녀는 옛날이야기처럼 이 저택에 얽힌 사연을 풀어놓았다.

프랑스 식민지 시절 달랏에 복무하던 프랑스군 장교가 저택에 머물렀고, 운명처럼 저택 관리사의 어린 딸이 그 장교를 사랑하게 되었다고 한다. 전쟁이 끝난 후 남자가 소녀를 버리고 가자, 소녀는 이 저택에서 목숨을 끊었단다.

사실 트린의 말을 제대로 알아들었다고 확신할 수는 없었다. 내가 잔가지를 치고 환상을 덧붙여 그럴듯한 로맨스 한 편을 만들어냈을 수도 있었다. 그래도 베트남과 잘 어울리는 서글픈 로맨스라 생각하다가, 조금 전 보았던 붉은 아오자이가 떠오르자 다시 오싹해졌다. 굳은 내 표정에 트린은 괜히 말을 꺼냈나 후회하는 얼굴이었다.

무슨 말을 해야 할지 몰라 트린과 나 사이에 여백이 생겼다. 그 여백을 부수듯 갑자기 바람에 창틀이 흔들리며 흐느끼는 소리를 냈다. 으스스한 기운이 몰려왔다. 까맣고 긴 머리에 붉은 아오자이를 입은 소녀가 창가에 어른거리고 있는 것만 같았다. 비하인드 스토리가 아니더라도 이 저택엔 음습함이 물씬 풍겼다. 열 기운과 함께 특유의 나른하고 몽환적인 공기가 나를 잠식했다. 낯선 타지에서 기묘한 분위기의 저택에 와 있는 상황이 그저 비현실적으로 느껴졌다.

창밖으로 비바람이 거세게 몰아쳐 문이 덜컹이다 기어코 한쪽이 젖혀졌다. 순간 벽난로 불이 뺨을 맞은 것처럼 휘었다. 내가 놀라 비명을 내지르자 트린이 뛰어가 문을 닫았다. 힘겨루기를 하듯 비바람이 창문을 부술 것처럼 흔들어댔다.

드디어 태풍이 다가오는구나.

현서가 떠난 뒤 학교에는 오늘처럼 태풍이 몰아쳤다. 아이가 스스로 목숨을 끊은 이유에 대한 추적이 시작됐다. 그 결과 같은 학급 아이들로부터 오랫동안 따돌림을 당했다는 것이 밝혀졌다. 캠프 날 집단 구타를 당한 뒤, 곧장 절벽으로 올라갔다는 사실도 함께.

현서의 부모님은 내 앞에 주저앉아 울부짖었고, 가해자 부모들은 소리치며 욕했다. 죄를 저지른 이의 부모는 당당하게 고개를 치켜들었고, 자식을 잃은 부모는 죄인이 되어 고개를 들지 못했다. 피해자 부모와 가해자 부모의 상반된 반응이 어색하기만 했다. 그 와중에 내 표정이 가장 어색했다. 나는 어떤 표정을 지어야 할지 몰랐다. 현서의 가족 앞에서, 가해자의 부모 앞에서, 남은 내 학생들 앞에서, 그리고 현서의 영정 사진 앞에서.

　사람들은 나에게 손가락질하며 교사로서의 자질을 물었고, 결국 몰아치는 비난을 견디지 못하고 휴직계를 냈다. 생각 같아서는 사직서를 내고 싶었지만, 내가 책임져야 하는 또 다른 것들이 줄줄이 떠올라 그러지 못했다. 지금에 와 생각하면 대차게 때려치우지 못하고 비굴하게 한 발 내뺄 수밖에 없었던 선택이 결정적으로 내 자존감을 무너뜨린 것 같다.

　학교에 나가지 않는 동안 집에 박혀 모두를 원망했다. 금방이라도 폭발할 듯 짜증이 나고 화가 나 참을 수가 없었다. 문제를 일으킨 학생들이, 그들을 키운 부모들이, 내게 모든 책임을 전가한 학교가, 그리고 그렇게 떠난 현서가……. 그 어느 하나 원망스럽지 않고 억울하지 않은 것이 없었다.

　시간이 지날수록 원인 모를 분노가 치밀어 올랐다. 열심히 살아왔다고 자부했는데 내가 뭘 그리 잘못했는가. 악에 받쳐 매일같이 스스로를 항변했다. 자려고 누우면 압박감에 천장이 코앞까지 내려앉았다. 문득 '책임'이라는 단어가 일생 내내 바위처럼 나를 억누르고 있었다는 생각에 사로잡혔다. 학교에서든 집에서든 나에겐 책임져야 할 것들만 수두룩했고, 정작 나를 책임지는 이는 아무도 없었다. 분통이 터졌다. 불면과 우울에 시달렸다. 하루 종일 집에 박혀 폐인처럼 지내는 날이 이어졌다. 달랏의 가짜 에펠탑 사진을 보기 전까지.

"오디션 볼 거예요."

트린이 불쏘시개로 꺼져가는 불을 일으키며 말했다. 내 열은 더 심해져 시야가 몽롱했다.

"오디션이라니?"

내가 묻자, 트린은 한국 남자들이 결혼할 여자를 뽑는 오디션이라고 답했다. 공부를 더 하고 싶은데 형편상 학교를 계속 다닐 수 없다고 덧붙였다. 한국으로 시집가면 공부할 수 있게 해준다는 이야기를 들었다며, 하얗게 웃어 보였다.

비행기에서 본 라면 박스가 떠올랐다. 연이어 트린이 수영복을 입고 남자들 앞에 서 있는 모습이 그려졌다. 온몸이 불덩이가 되어가는데도 뒷덜미가 서늘해졌다.

"한국 가면 간호사 공부 하고 싶어요."

속도 없이 헤실헤실 웃는 트린의 모습에 목구멍이 불끈했다. 미간이 쪼이며 두통이 일었다. 트린은 친한 동네 언니도 한국으로 시집갔는데 가서 일도 하고 공부도 한다며 부러워했다. 그러고는 그 나이대 소녀로 돌아가 흥얼흥얼 노래를 부르기 시작했다.

"한국 가면 연예인 많이 볼 수 있어요."

트린은 어설프게 춤까지 추어 보였다. 짜증이 솟구쳐 올라 냅다, 그 오디션이 어떤 건지 알기나 하냐고 쏘아붙였다. 트린은 어깨를 들썩이다 멈추었다. 그녀가 대꾸하려 했지만 나는 틈을 주지 않고 내질렀다.

"말이 결혼이지 팔려가는 거야! 공부할 수 있다는 핑계로 몸 파는 거랑 뭐가 달라!"

목소리에 독이 잔뜩 실렸다. 트린은 알아들었는지, 아니면 단순히 내가 지른 소리에 놀란 건지 굳어졌다. 한 박자 뒤 그녀의 눈가에 얼핏 눈물이 고였다. 나는 뒤늦게 목소리를 낮췄다. 트린은 일어나 장작을 가지러 간다며 방을 나섰다. 문이 닫히는 진동에 머리가 울렸다. 압축기가 양 관자놀이를 누르는 것만 같았다. 한참 동안 눈을 감고 두통이 가라앉기를 기다리며 생각했다.

나와 상관없는 여자애 인생에 무슨 참견이냐, 그저 모른 척

가만있을걸. 그러지 않아도 머리가 지끈거리는데 괜히 귀찮은 일을 만들었다는 후회가 밀려왔다. 태풍이 저택 언저리까지 도착했는지, 창문이 깨질 것처럼 바람이 휘몰아치기 시작했다. 창밖으로 나무들이 머리채를 잡힌 듯 이리저리 휘청댔다. 그 모습이 가히 위협적이었다.

트린은 오지 않았다. 그녀가 오지 않으니 금세 벽난로가 식었다. 온기가 사라지자 의식이 몽롱해졌다. 걷잡을 수 없이 열이 올랐다. 이틀 연속 비를 맞았으니, 이제야 열병이 난 것이 도리어 이상하다 싶었다. 목이 타 생수병의 물을 몽땅 들이켰다. 그리고 열기에 휩쓸려 잠에 빠졌다.

꿈을 꿨다. 멀쑥한 차림의 프랑스 장교를 바라보는 앳된, 트린 또래 소녀가 보인다. 소녀의 핏빛 아오자이가 눈부시게 아름답다. 나는 소녀의 시선 끝에 서 있는 갈색 머리 남자를 바라본다. 남자는 딸꾹질을 하고 있다. 소녀는 컵에 물을 받아 그에게 건넨다.

"수평을 맞춰서 천천히 마시면 딸꾹질이 멈출 거예요."

소녀의 말에 그는 물의 수평을 맞추며 천천히 물을 마신다.

소녀가 무어라고 말을 건넨다. 잘 들리지 않아 남자는 두어 걸음 다가선다. 그제야 소녀의 말소리가 또렷해진다.

"나도 데려가줘요."

남자는 소녀의 말에 당황해 컵에 담긴 물을 장교복에 쏟는다. 그는 옷에 묻은 물을 대충 손으로 털어낸다. 그러고는 빈 물컵을 소녀에게 건넨 후 그대로 떠나버린다. 소녀는 허망한 눈빛으로 빈 물컵을 내려다본다.

소녀가 말간 얼굴을 들어 나를 바라본다. 작은 입술이 달싹거린다. 무슨 말을 하는지 알아듣지 못해 나는 두어 걸음 다가간다. 좀 더 선명히 소녀의 입술이 오물거린다. 그제야 나는 소녀의 말을 알아듣는다.

"도와줘요, 선생님."

현서가 말간 표정으로 나를 바라본다. 나는 무서워 멀찍이 물러선다.

"……다음에, 다음에 이야기하자."

나는 미꾸라지처럼 빠져나가며 말끝을 흐린다. 현서의 입꼬리가 일그러진다. 아오자이의 핏빛이 퍼지며 사방이 검붉어진다. 아이는 간절하게 말한다. 애써 모른 척 듣지 않으려

했던 마지막 말.

"……지금이 아니면 안 돼요, 선생님."

주저앉아 절망적인 심정으로 현서를 올려다본다. 현서는 고개를 떨어뜨리고 자박자박 창문으로 걸어간다. 그리고 창틀에 걸터앉아 나를 응시하더니, 마지막 인사처럼 눈을 한 번 껌벅인다.

탁—

현서가 창밖으로 떨어진다. 무게가 느껴지지 않을 만큼 가뿐히.

먹살 잡혀 물에서 끄집어내진 것처럼 숨이 트이며 깨어났다. 간신히 눈을 뜨니, 트린이 내 이마에 젖은 손수건을 얹고 있었다. 벽난로에서 불이 다시 타오르고 있었다. 침대 옆엔 수건과 약이 놓여 있었다.

"괜찮아요?"

트린의 말에 참았던 눈물이 터져 나왔다.

그랬다. 나는 모른 척하고 있었다. 현서가 떠난 뒤 나를 옥죄었던 그 분노가 무엇인지를. 발버둥 치며 외면했지만 내몰리다 내몰려 절벽 끝에 서서야 결국 마주할 수밖에 없었다.

깊은 죄책감.

그것이 밤새 나를 잠 못 들게 하던, 펄떡이던 분노였다.

캠프에서 돌아온 뒤, 매일 밤 꿈을 꾸었다. 현서가 내 심장 끝에서 뛰어내려 저 발치쯤에서 으깨어졌다. 그 형벌 같은 악몽에서 깨어난 후에는, 현서가 홀로 절벽에 서 있었을 때 느꼈을 두려움과 외로움이 태풍이 되어 나를 둘러쌌다. 죄책감에 억눌리다가 스스로에 대한 연민이 생겨나면 곱씹었다. 마지막 구원을 바라는 심정으로 손을 내밀었을 아이에게, 나는 얼마나 차갑고 잔혹한 절벽이었을까. 또다시 내 비겁함과 치졸함에 몸서리쳐져 태풍 속으로 기어 들어가기를 반복했다.

그래서 도망쳤다. 현서를 그리고 나를 절벽으로 내몰리게 한 모든 것에서 도망쳤다. 그 결과 이 낯선 땅, 낯선 소녀의 무릎에 파묻혀 울고 있다. 내 모습이 우습고 가소로워 웃다가 다시 울었다. 트린은 아무 말 없이 내 등을 쓸어내려주었다. 나는 이 가냘픈 소녀의 무릎이 우주의 중심이라도 되는 양 부여잡았다. 그리고 아침이 될 때까지 놓아주지 않았다. 그사이 수없이 되뇌었다. 이 거센 태풍으로부터 나를 지키는 주문처럼.

　……미안하다. 미안하다, 현서야.

　다음 날 더 억수 같은 비가 내렸고 하루가 더 지난 뒤, 트린의 오빠가 도둑맞은 내 가방을 되찾아주었다. 택시 강도가 내 핸드폰을 처분할 때를 기다리고 있다가 현장에서 붙잡았다고 했다.

　태풍의 기운은 이틀 후 사그라졌다. 예정대로 달랏에서 일주일을 더 머물렀다. 그제야 '영원한 봄의 도시'라는 달랏의 제 모습을 볼 수 있었다. 두꺼운 구름에 가려 온통 회색빛이던 풍경은 짙푸른 초록과 하늘과 호수의 색으로 바뀌었다. 물비린내로 절어 있던 도시는 풀과 나무와 꽃의 향으로 채워졌다. 하루아침에 흑백 티브이에서 4D 입체 영상으로 바뀐 듯했다.

　태풍이 지난 뒤 숲에서 바라보는 밤하늘에는 별이 가득했다. 간만에 별 사진을 찍고 싶었다. 카메라 뷰파인더 안에 점점이 박힌 별들을 선으로 이어 별자리를 가늠해보았다. 그럴 때면 문득 별들을 잇듯 머릿속에 흩어져 있던 질문들이 이어졌다.

캠프장에서 현서의 말을 계속 들어주었더라면, 우리 반 분위기가 이상하다는 직감을 착각으로 여기지 않았더라면, 옆 반 선생님에게서 따돌림 당하는 아이가 있다는 말을 들었을 때 그럴 리 없다고 웃어넘기지 않았더라면, 그날 밤 별자리를 설명해주듯 그 아이에게 세상을 버티는 법을 말해주었더라면……

그랬다면 현서는 자신이 찍은 별자리 사진을 확인할 수 있었을까. 꼬리에 꼬리를 물고 이어지는 덧없는 질문들을 반복했다.

밤하늘을 찍기 위해 필름 한 롤을 다 써버리고도 답을 찾지 못했다. 이 필름의 서른일곱 번째 사진이 제대로 현상된다면, 현서가 잠들어 있는 곳에 두고 오리라.

달랏에서 지내는 동안, 트린과 나는 가짜 에펠탑이 보이는 호숫가를 자주 산책했다. 몸과 마음이 추슬러졌을 즈음, 나는 그 정체 모를 오디션에 가지 말라고 트린에게 당부했다. 낯선 남자들 앞에서 수영복을 입고 있는 모습은 상상조차 하기 싫었다. 대신, 답례의 의미로 한국에 교환학생으로 갈 수 있는 추천서를 써주겠다고 했다. 이 정도로 소녀에게 진 빚을 갚을 수는 없으리라. 말하면서도 부끄러워 트린과 눈을 맞추지 못했다.

"고마워요."

트린은 하얀 이를 드러내 웃었다. 그 한마디에 내내 마음속에 몰아치던 거친 태풍도 슬며시 사그라졌다.

고양이 소년

터키 보드룸

Bodrum

밀려나고, 밀려온다. 밀려나고, 밀려온다.

파도가 도마뱀의 혀처럼 말렸다 풀어진다. 바다는 몇 번을 날름거리더니 가래 같은 포말과 함께 아이 하나를 툭 뱉어낸다. 세상이 거부한 아이는 바다도 품지 못하겠단다. 아이의 얼굴은 검은 모래에 파묻힌 채, 두 손바닥은 하늘을 향해 있다. 매정하기 짝이 없는 신을 향해 구원을 구걸하는 기도 따위는 하지 않겠다는 듯.

뒤를 따르는 기척에 고양이인가 싶어 돌아보니 고양이는 아니다. 커다란 배낭을 메고 길을 헤매는 동양인이 신기한지 대여섯 살 정도의 남자아이가 뒤를 쫓는다. 큰 눈망울에 날렵한 몸짓이 꼭 고양이 같다. 돌아보면 꼬리를 감추고 싹 사라지고, 다시 길을 가면 고개를 빼꼼 빼며 슬쩍 따라붙는다. 혼자서 놀이를 하고 있는 것 같다. 저 낯선 남자에게 들키지 않으면서도, 제 존재를 알아차리게 하는 게임. 동참해주고 싶지만 터키 동부에서 서부로 열여섯 시간 넘게 야간 버스를 타고 보드룸에 도착한 터라, 온몸이 물먹은 스펀지처럼 무겁다. 숨바꼭질을 하는 꼬마를 애써 무시하며 어두운 골목 안을 파고들었다.

40분쯤 헤맸을까, 여행서에 저렴하면서도 깨끗하다고 소개된 숙소를 찾아냈다. 2층짜리 가정집을 개조한 게스트 하우스 주인은 카운터에서 무료한 얼굴로 컴퓨터를 하고 있다.

"혹시 남은 방 있어?"

내가 묻자 그는 게슴츠레한 눈으로 나를 올려다보았다. 구불구불한 턱수염이 덥수룩해 얼굴과 목의 경계를 찾을 수가 없다. 그 털 숲 사이를 헤집고 영어가 흘러나왔다.

"물론."

다행이다. 인터넷에서 얻은 정보로는 일찌감치 예약하지 않

.

으면 묵기 힘든 인기 숙소라 했는데. 아니, 이상하다. 방이 남은 것뿐만이 아니라 숙소 전체에 인기척이 느껴지지 않는다.

"왜 이렇게 사람이 없어? 이곳 유명하다던데."

혹시나 이름이 비슷한 곳을 착각하고 들어온 게 아닌가 싶어, 여행서에 실린 숙소 외관 사진과 실제 건물의 모습을 비교하며 물었다.

"요즘 분위기가 그래. 알잖아."

"왜? 동부에 있다 왔거든. 거기엔 인터넷 되는 곳이 잘 없더라고."

"테러 때문에 관광객이 확 줄었어. 난리도 아니야."

"아……."

더 이상 묻지 못했다. 서부로 이동하는 동안, 시리아와 인접한 터키 국경 지대의 치안 상태가 불안하니 여행을 자제하라는 외교부 경고 문자를 몇 차례나 받았기 때문이다.

"방부터 볼래? 2층 끝 방이야."

주인을 따라 2층으로 올라갔다. 따뜻한 물이 나오는지, 침대보가 깨끗한지 정도만 체크했다. 설사 그렇지 않더라도 다른 숙소를 찾을 여력이 없었다. 방 열쇠를 건네준 주인이 나간 뒤 바로 침대에 드러누웠다. 씻기는커녕 눕자마자 그대로 잠이 들었다.

일어나니 이미 정오가 지난 듯했다. 대충 양치만 하고 숙소를 나왔다. 밝을 때 보니 어젯밤 헤맸던 으슥한 골목길은 완전히 다른 분위기였다. 대리석을 깐 것처럼 반짝거리는 거리, 파란 창과 지붕, 하얀 벽을 타고 오른 담쟁이덩굴, 올리브나무와 이국적인 보라색 벚꽃까지 마치 달력 속 수채화 같았다. 그 수채화에 찍힌 방점처럼 고양이들이 여기저기 늘어져 볕을 쬐거나 낮잠을 자고 있다. 고양이들의 천국이라 불릴 만큼 터키에는 고양이들이 지천에 널려 있다. 하나같이 사람들이 다가가도 도망치거나 하악대는 법 없이 태평하기 짝이 없다. 이 광경을 기록해두지 않으면 모래로 그린 그림처럼 사라져버릴까 봐, 나는 걸음마다 카메라 셔터를 눌렀다. 그러다가 렌즈 안으로 푸른 바다가 들어오자 나도 모르게 걸음이 빨라졌다.

항구를 따라 새하얀 크루즈 보트들이 해변에 모여든 갈매기들처럼 정박해 있었다. 척박한 유목민의 모습이 남아 있던 터키 동부와 이곳 서부는 전혀 딴판이었다. 실제로 보드룸은 터키의 부촌이자, 유럽인들의 휴양지다. 군집을 이룬 백색 리조트와 야자수로 둘러싸인 도시 풍경에, 그간 여행해온 터키가 아닌 다른 나라로 온 것만 같아 데면데면해졌다.

선착장을 따라 이어진 카페 거리 줌후리예트를 산책했다. 거리에는 관광객들을 위한 레스토랑과 숍이 늘어서 있었다. 여름 성수기임에도 불구하고 뒤숭숭한 분위기 때문인지, 관광객은 많지 않았다. 나는 앉아서 쉴 만한 장소를 찾아보았다. 하지만 온통 세련된 카페와 식당이라 괜히 주눅이 들어 거리를 빠져나왔다.

십자군이 지었다는 보드룸 성채를 마주하고 어디로 갈까 망설였다. 그때 우연히 홀로 음소거를 한 듯 고요해 보이는 건물을 발견했다. 도서관이라고 적혀 있었다. 이런 관광지에 도서관이라니, 반가워 다가서는데 문 앞에 고양이 한 마리가 꾸벅꾸벅 졸고 있었다. 잠든 고양이를 귀찮게 하지 않으려 몸을 모로 세워 조심히 안으로 들어갔다.

2층 계단을 오르니 안쪽 집무실에 회색 머리 사서가 뜨개질을 하고 있었다. 눈인사를 나눈 뒤, 책을 구경했다. 그러다가 그림이 많은 책 한 권을 집어 창가에 앉았다. 어린이들에게 오스만튀르크의 역사를 알려주는 그림책이었다. 박력 있는 일러스트가 멋졌지만, 도서관 창 너머로 터키블루라 불리는 옥색 바다가 넘실거리고 있어 좀처럼 책에 집중할 수가 없었다. 그 모습이 아득하고 아름다워 다음 장을 넘기지 못하고 창밖만 바라보았다. 저 에메랄드빛 바다를 건너면 신화 속 이상 세계가 존재할 것만 같다.

빠듯한 살림에 학창 시절 남들은 다 간다는 배낭여행도 못 가봤다. 군대를 다녀와서는 곧장 취업 전선에 뛰어들었다. 제대로 여행 한번 못 해본 게 아쉬웠지만, 전공을 살려 건설 회사에 들어가면 해외 현장에서 근무할 기회가 생길 거라 생각했다. 독하다는 소리까지 들으며 착실히 준비해 다행히 지망한 회사에 취직했다.

입사 후, 세계지도를 펼쳐놓고 현장이 있는 나라가 어디인지 손으로 짚어가며 내가 가게 될 곳을 상상했다. 주말이나 휴가 때엔 짧게라도 여행을 다녀야지, 하고 부푼 꿈도 꾸었다. 하지만 동기들이 중동이다 동남아다 해외 곳곳으로 발령 날 동안, 난 8년 내내 국내 현장만 뺑뺑이 돌았다. 아쉬웠지만 어쩌겠는가. 그저 애초에 비행기 탈 팔자가 아닌가 보다 싶었다.

결국 해외 출장 한 번 못 나가본 채로 회사를 그만두었다. 퇴사 후에는 당장 무얼 해야 하나, 막막함이 몰려왔다. 사람들을 만나 조언을 구하면 셋 중 둘은 이참에 여행이나 다녀오라고 했다. 책을 읽어도 인터넷을 뒤져도, 여행을 다녀오지 않으면 인생의 참맛을 알지 못한다는 듯 등을 떠밀었다.

한 달은 터키, 한 달은 그리스에서 보내는 두 달짜리 일정을 짰다. 처음에는 그리스에만 가려고 했다. 음료 광고에서 본 청량감 넘치는 이미지가 뇌리에 박혀 있었기 때문이기도 했고, 유독 그리스가 배경인 영화를 좋아하기도 했다.

평소 로망이던 그리스를 여행하겠다고 하니, 여행깨나 했다는 친구가 이왕 거기까지 가는 김에 터키까지 가라고 훈수를 뒀다. 터키에는 별 흥미가 없었지만, 목적지인 그리스 여행 전 준비운동 같은 느낌으로 거치기로 했다.

보드룸에 온 것도 페리를 타고 그리스 코스 섬으로 넘어가기 위해서다. 보드룸에서 코스 섬은 불과 수십 킬로미터, 배로 한 시간밖에 걸리지 않는 거리다. 많은 여행객들이 보드룸에서 그리스로 넘어가 다시 유럽 본토로 들어가는 여정을 택한다. 지중해를 건너 아시아에서 유럽으로 넘어가다니, 생각만으로도 여행자의 마음을 설레게 하는 낭만적인 루트다. 오늘 선착장으로 가서 코스로 가는 표를 구하고, 내일 아침 일찍 보드룸을 떠날 생각이다.

반짝이는 바다를 바라보며 한 달간의 터키 여행을 되새겼다. 준비운동이라고 생각했지만, 터키는 기대보다 훨씬 좋았다. 난생처음 해보는 많은 것을 경험했다. 새벽 비행기로 이스탄불에 도착한 탓에 숙소를 못 구해 공원에서 노숙했던 일, 카파도키아에서 열기구를 타고 괴암 절벽 사이를 비행했던 새벽, 부르사에서 터키 전통 춤인 수피 댄스를 보며 넋이 나갔던 순간. 우연히 현지인의 집에 초대받아 대가족에 섞여 담요 하나를 나눠 덮고 쪽잠을 잤던 날도 잊을 수 없다.

따스한 햇볕을 받으며 지난 여정을 떠올리다 나도 모르게 깜빡 졸았다. 침방울이 책에 떨어질락 말락 할 때 가까스로 고개를 들었다. 사서가 뜨고 있는 목도리는 한 뼘쯤 길어져 있었다. 책을 꽂아두고 내려가자 도서관 문 앞에서 졸고 있던 고양이가 내 발걸음 소리에 놀라 후다닥 달아났다. 어느새 해가 수평선에 내려앉았다. 아차 싶어 배편을 살 수 있다는 보드룸 성채 근처 선착장으로 서둘러 갔다.

선착장의 분위기는 중심가와는 달리 을씨년스러웠다. 매표
소에 가서 배편이 언제냐고 묻자, 직원이 짜증 가득한 눈으로
치켜 보았다.

"못 가. 페리가 안 떠."

코스행 페리가 뜨지 않는다는 말에 당황했다. 늦어서인가
싶어 그다음 날 표까지 재차 확인했지만, 직원은 자기도 언제
배가 뜰지 알 수 없다며 고개를 저었다.

"저기 노숙하는 사람들 보이지? 다들 그리스로 넘어가려는
난민들이야. 쟤네들 때문에 한동안 배 시간이 일정치 않아."

직원은 더 물으면 멱살이라도 잡을 듯 험악한 얼굴로 말했
다. 그러고 보니 항구 여기저기에 노숙하는 사람들이 많았다.
모두 지치고 피로한 얼굴이었다. 시리아 내전을 피해 터키로
넘어온 난민들이었다. 보드룸에서 그리스로, 다시 세르비아,
헝가리, 크로아티아, 오스트리아를 거쳐 난민 입국을 허용하
는 독일로 가는 기나긴 여정을 앞두고 있었다.

그들을 바라보는 시선은 두 갈래였다. 나 같은 관광객들은

서툰 연민을 담아, 현지인들은 짙은 불신을 눌러……. 어느 쪽이든 거북스럽긴 마찬가지였다. 보드룸뿐만 아니라 터키와 그리스 섬 도처가 피난 온 난민들로 포화 상태라고 했다. 상황이 그렇다 보니 특히 현지인들은 매우 예민해져 있었다. 관광객이 줄어드는 경제적인 피해뿐만이 아니라, 바다를 타고 건너온 위태로운 기운이 전염병처럼 공기 중에 녹아 있었다.

일단 항구를 빠져나왔다. 배편은 내일 다시 알아봐야겠다. 배편을 구하지 못한 허탈감 때문인지 갑자기 허기가 졌다. 생각해보니 숙소 주인이 준 빵과 요거트 한 잔이 오늘 먹은 전부였다. 만만한 식당이 있을지 인터넷을 검색하자 보드룸에 바다와 맞닿아 있는 버거킹이 있다고 했다. 굳이 찾을 필요도 없이 걷다 보니 그 가게가 보였다.

제일 저렴한 햄버거 세트를 시키고 바다가 보이는 곳에 자리를 잡았다. 정말 전면 유리창과 바닷물이 맞닿아 있었다. 게다가 헤엄쳐 갈 수 있을 거리에 할리우드 해적 영화에서나 보았을 법한 범선이 세워져 있었다. 관광객들을 위한 눈요기용인지 아니면 선착장에 정박할 공간이 부족해서인지는 확실치 않았지만, 범선을 보며 햄버거를 우물거리는 기분이 묘했다.

답답한 마음에 여행 일정표를 적어둔 노트를 꺼냈다. 이제 여행의 반이 지났는데 목적지인 그리스에는 발도 딛지 못했다. 만약 그리스로 넘어가지 못한다면 어쩌지. 이런저런 걱정에 입 안이 말랐다. 남은 햄버거를 우겨 넣고 콜라를 마셔 넘겼다. 왠지 모르게 햄버거에서도 케밥 맛이 났다. 계속 마른 빵만 먹었더니 뜨끈한 국물 생각이 간절해졌다.

"국수 먹고 가, 국수. 티브이에도 나오고 줄 서서 먹는 데야."

회사가 자회사와 합병한다는 소문은 작년부터 돌았다. 한다 안 한다 말은 많았지만 올 초 본격적으로 구체적인 얘기가 돌았다. 해외 수주가 늘어날 것이다, 연봉이 올라갈 것이다, 주식을 배당해준다더라. 달콤한 소문은 말단 직원인 나조차도 들썽거리게 했다.

합병이 내부에서 결정된 후, 외부 절차를 거치기 위해 직원들은 소액 주주들에게 직접 사인을 받으러 다녔다. 그날 내게 배당된 주주는 세 명이었다. 오전에 한 타임을 뛰고, 두 번째로 찾아간 곳이 상암동이었다. 처음 가보는 동네라 핸드폰 지도에 코를 박은 채 헤매다가 겨우 도착했다.

"우리 딸이 이번에 자회사 호텔에 들어갔지. 당연히 사인해야지. 우리 딸 회산데."

주주분은 작은 인쇄소를 운영하고 있었다. 옆집 아저씨 같은 푸근한 인상에, 내가 도착한 이후로 내내 딸 자랑을 하셨다.

"계약직이긴 한데, 착실히 하면 2년 후에 정규직으로 전환해준다잖아. 말이 계약직이지 정규직이랑 똑같아. 하는 일도 똑같고, 회사에서 애를 얼마나 잘 챙기는지. 요즘같이 어려운 때에 보통 고마운 게 아니지."

시끄럽게 돌아가는 인쇄기 소리에 아저씨 목소리가 반은 말려들어갔다.

"국수 먹고 가, 국수. 젊은 처자가 하는데 보기보다 기가 맥혀. 지금 가면 줄 안 서고 먹어. 어허, 사양하지 말고. 딸내미 취직 턱 쏘는 거래도."

아저씨는 한사코 국수를 사주겠다며 내 팔을 끌었다. 하지만 나는 다음 사인을 받기 위해 상암동에서 과천까지 서울을 가로질러야 했다. 정중히 거절하니, 아저씨는 서운한 얼굴로 나를 배웅했다.

그 주 주말, 무료함에 티브이를 켰는데 익숙한 국숫집이 나왔다. 아저씨가 말하던 그 국숫집이었다. 패널들이 엄지를 치켜 보이며 살아생전 꼭 먹어봐야 하는 집이라고 극찬을 했다. 그런데 영상 말미에 도시 생활에 염증을 느낀 주인이 방콕으로 이민을 가게 되어 아쉽게도 곧 장사를 접는다고 했다. 그 소식에 패널들 모두 탄식했다. 무릎을 탁 쳤다. 아쉽다, 먹고 올걸.

아침이면 4리라에 커피와 샌드위치까지 주는 카페를 발견했다. 카페 거리 끝 쪽 고급 리조트 단지와 인접해 조용한 분위기에다 오래 있어도 눈치를 주지 않았다. 테라스 구석 자리에 앉아 여행 사진을 노트북에 백업했다. 꽉 찼던 메모리가 가벼워지자 체기가 가신 듯 가뿐해졌다. 블로그에 밀린 여행기를 끄적이다가 카페 앞에 늘어져 잠든 개와, 고양이와 손장난을 하는 아이들의 모습을 카메라로 찍었다. 프레임 안의 보드룸은 평화롭기 그지없었다. 내전이니 난민이니 하는 말은 그야말로 먼 나라 얘기 같았다. 온화한 분위기에 젖은 덕에 왠지 오늘은 배가 뜰 것 같은 예감이 들었다. 식은 커피를 한 숨에 들이켜고 선착장으로 갔다.

"포기해. 분위기를 봐."

오늘도 배는 뜨지 않았다. 내일도 어떻게 될지 모른다고 했다. 매표소 직원 말대로 항구 분위기는 어제보다 더 어수선했다. 노숙하는 난민의 수가 족히 두 배는 되어 보였다. 그들은 몰래 내다버린, 바닷물에 섞이지 않는 기름이 이룬 띠처럼 항구 여기저기에서 경계를 이루고 있었다. 바위 같은 얼굴을 한 난민들을 바라보고 있으니, 바다 곁에 있는데도 사막 한중간에 있는 듯 텁텁한 기분이었다. 습기 하나 없는 건조한 모래바람이 맹렬히 휘몰아쳤다. 회오리에 휩쓸릴까 싶어 얼른 돌아섰다. 그때 칭얼거리다가 엄마 품에 지쳐 잠든 아이의 모습이 눈에 들어왔다. 아이의 침과 눈물이 엄마의 가슴팍에 동그랗고 짙은 얼룩을 만들었다.

하는 수 없이 또 발길 닿는 대로 동네를 걸어 다녔다. 페리로 그리스에 가는 건 포기하고 항공편을 알아봐야 하는 것일까. 머릿속이 복잡해졌다. 걷다 보니 높은 담과 날카로운 철망이 둘러쳐진 건물이 보였다. 파란색 교복을 입은 아이들이 박

쥐처럼 담벼락에 매달려 있었다. 그 모습이 사랑스러워 카메라를 들어 몇 장 찍었다. 사진 찍는 걸 알아차린 아이들은 콧구멍에 손가락을 넣거나, 입을 쭉 찢어 익살스러운 표정을 만들었다. 응답하듯 나도 장난스레 이목구비를 구겼다. 내 우스꽝스러운 얼굴에 아이들이 까르르거리며 넘어갔다.

벽을 끼고 돌아서자 담이 한 뼘 낮아져 운동장도 보였다. 아이들이 삼삼오오 모여서 공놀이를 하거나 그네를 타고 있었다. 해맑은 그 모습에 복잡했던 머릿속이 단순해졌다. 담 너머의 따스한 풍경과 상반되게, 교문 쪽에는 경비가 삼엄했다. 문 앞에 부모님 혹은 개인 기사로 보이는 사람들이 아이들을 기다리고 있었다. 그러고 보니 고급 사립학교인지, 아이들 모두 교복을 맞춰 입고 학교 건물도 크고 멀끔하다. 하지만 학교라 하기에는 무시무시할 정도로 높은 담장과 여기저기 위협적으로 잠긴 자물쇠가 의아했다. 문득 스치듯 본 인터넷 뉴스가 떠올랐다. 이슬람 무장 단체가 부잣집 아이들을 납치해 돈을 요구하는 사건이 일어난다고 했다. 그 때문인지 운동장에서 놀고 있는 아이들의 밝은 얼굴과 달리 어른들 표정은 돌처럼 굳어 있었다.

하교를 알리는 멜로디가 흘러나왔다. 교문에 몇 겹으로 감겨 있던 사슬 자물쇠가 풀어지고 아이들이 쏟아졌다. 학부모들은 누가 볼세라 아이들의 얼굴을 모자나 스카프로 가린 후 다급히 그들을 차에 실었다. 순간 차에 실리는 아이들과, 항구에서 보았던 난민 아이들의 얼굴이 겹쳐졌다.

모래를 씹은 듯 꺼끌꺼끌한 기분으로 어제 익혀둔 지름길을 되짚어 숙소로 향했다. 골목에 들어서자 누군가 따라오는 것이 느껴졌다. 돌아보면 꼬리를 후다닥 감추고, 키득키득. 내가 다시 걸으면 살금살금 발소리가 들린다. 몇 번을 반복하다가 걸음을 멈춘다. 고양이 소년이다. 내심 반가워 아는 체를 하자 소년은 화드득 놀라 또 꼬리를 감춘다. 관심을 주는 것이 기쁜 듯 긴장한 듯, 벽에 붙어 한쪽 눈으로 나를 훔쳐본다.

"이리 와봐."

손을 흔들어 아이를 불렀다. 아이는 쑥스러워 고개를 절레절레 젓고 또 키득키득. 웃음소리가 틴 케이스 안의 사탕들이 부딪히는 소리 같다. 몇 번 불러도 오지 않자, 아님 말고 싶어 다시 걸었다. 그제야 아이는 내가 가버릴까 놀라 황급히 쫓아온다. 일부러 골목의 풍경을 찍으며 관심 없는 척했다. 아이는 안달이 나 카메라 렌즈가 향하는 쪽으로 풀쩍풀쩍 뛰어다녔다. 그러고는 내 시선을 잡고 말겠다는 듯 능숙하게 나무를 타고 올랐다. 나는 아이에게 렌즈를 고정시켰다. 자기를 찍는 줄 알아차리자 아이의 표정이 얼어붙었다. 안심하라며 카메라를 내리고 빙긋이 웃었다. 그런 나를 가만히 보던 아이는 조심스럽게 손을 내밀었다. 또르르—. 새빨간 나무 열매 몇 알이 내 손바닥에 굴러떨어졌다. 아무리 봐도 무슨 열매인지 모르겠다. 아이는 기대에 찬 눈망울로 어서 먹어보라며 나를 바라보았다. 아이의 기대를 배반하지 않으려 입에 넣고 살짝 씹었다. 쓰다.

아이는 내 표정 변화를 유심히 관찰하다가 마른침을 삼켰다. 어쩔 수 없이 맛있다는 표현으로 고개를 끄덕였다. 안도한 듯 아이는 깊게 숨을 빨아 당기며 미소 지었다. 그때 어디선가 아이를 부르는 소리가 들렸다. 영어가 아니라 알아들을 수는 없었지만 아마도 그만 놀고 들어와서 밥 먹어, 라고 말하는 듯했다. 아이는 나무에서 미끄러져 내려와 뽀르르 골목 안으로 사라졌다. 아이가 사라지자 나는 남은 열매를 소중히 주머니에 넣었다.

　숙소에는 여전히 아무도 없다. 주인은 혼자 술을 마시며 컴퓨터를 하고 있었다.

　"너 SNS 하니?"

　주인은 어제부터 내 SNS 주소를 물었다. 안 한다고 말했는데도 끈질기게 캐물었다.

　"그런 거 안 해."

　손님이 없어 심란하고 외로운가 생각하며 2층으로 올라가다 슬쩍 주인의 컴퓨터를 흘겨보았다. 모니터에 갖가지 SNS 화면이 떠 있었다. 그중 복면을 쓰고 총을 든 이슬람계 군인이 포로를 학대하고 있는 사진과 함께, 무장 단체가 세력을 과시하기 위해 만든 영상물이 보였다. 범상치 않은 기운에 얼른 모니터에서 시선을 거뒀다. 순간 주인과 눈이 마주쳤다. 그는 잠시 당황하다가 미묘하게 표정이 써늘해졌다.

　"나랑 술 한잔 할래?"

　"미안, 피곤해서 좀 쉬고 싶어."

　술을 권하는 그를 뒤로하고 서둘러 올라왔다. 문을 닫을 때까지 그의 시선이 꼬리처럼 무겁게 따라왔다. 찜찜한 기분에 샤워를 하고 침대에 누웠다. 창밖으로 레이스 문양처럼 일렁이는 나무 그림자를 바라보고 있으니 가벼운 멀미가 느껴졌다.

직원들의 열정으로 소액 주주 찬성 사인이 모아졌다. 오차 범위를 간신히 넘겨 합병이 이루어진 것이다. 모두가 변화하는 회사와 더불어 상생할 거라고 들떴다. 누구는 중국 현장이 커질 테니 중국어 학원을 등록했다고 했고, 누구는 베트남어를 배우기 시작했다고 했다. 사무실 내에 희망찬 기운이 둥실둥실 떠다녔다.

하지만 이른 설렘은 금세 현기증이 되어 술렁였다. 합병 이후 대규모 구조 조정이 있을 거란 소문이 돌았다. 암암리에 희망퇴직 신청을 받고 있다는 이야기도 들렸다. 옆 부서 김 대리는 벌써 나갔다더라, 양 팀장은 남는다더라……. 서로 속내를 대놓고 드러내지는 않았지만 사원들 간에도 눈치작전이 시작되었다. 얼마 뒤 구조 조정은 기정사실이 되어 희망퇴직 상담이 이어졌다. 황망해하는 직원들과 달리, 합병 성사에 대한 보상으로 임원들은 1억 원이 넘는 인센티브를 받았다고 했다. 동료들은 회식 자리에서 억울함을 토로했다. 우리가 회사에 어떻게 했는데, 굽실거리며 사인 받으러 다녔던 게 누구인데. 결국 높으신 분들 배만 불려준 꼴이 되었다고 성토했다.

달콤한 말로 구슬리며 희망퇴직 신청을 받아도 만족할 만한 인원 감축이 되지 않자, 본격적으로 감사가 돌 거라는 말까지 나왔다. 그즈음 충격적인 이야기를 듣게 되었다. 베트남 공사 현장의 책임자를 자르기 위해 감사가 들어갔는데 그 과정이 말도 못하게 치졸했다는 것이다. 현장 소장의 개인사까지 뒤졌지만 별다른 거리가 나오지 않자, 가족을 트집 잡았단다. 공사 당시 아이들을 현장 숙소로 데려와 지낸 것이 죄목이었다. 사전에 통보했고 숙소를 사용해도 된다는 회사 측의 문서도 남겨두었지만 소용없었다. 그저 아이들을 보고 싶어 한 아버지의 마음이 죄였다.

직원들은 데모라도 하자, 이대로 쫓겨나느니 회사에 타격이라도 주겠다 목청을 높였다. 하지만 모두 알고 있었다. 발버둥을 쳐도 소용없다는 걸. 합병을 합리화하기 위해 꾸준히 언론에 밑 작업을 해놨기에, 일개 개미들의 분통 터지는 마음을 들어주는 이는 아무도 없을 것이었다.

"잘린 수만큼 대한민국에 치킨집 늘어나는 거지 뭐."

그저 그렇게 자조적인 농담으로 허망함을 대신하는 수밖에 없었다.

문득 인쇄소 아저씨네 딸은 회사에 잘 적응하고 있는지 궁금해졌다. 그녀는 2년 후 무사히 정규직이 될 수 있으려나. 그 호텔도 인원 감축 대상이라던데……. 시끄럽게 돌아가는 인쇄기 소리 사이로 들리던, 아저씨의 호탕한 웃음소리가 이명처럼 귀에 울렸다. 결국 아저씨가 한 사인은 딸을 위한 것이었을까, 아니었을까.

덜커덩.

부자연스러운 인기척이 들렸다. 까무룩 잠이 들 뻔하다 그 소리에 놀라 일어났다. 누가 문을 강제로 따려고 했다.

"누구세요?"

대답이 없다. 문틈 사이로 흙이 잔뜩 묻은 신발이 보였다. 등줄기에 소름이 오소소 돋았다. 가방에서 캠핑용 칼을 꺼내 쥐었다. 순간 흙 묻은 신발이 알아들을 수 없는 말을 하며 다시 문을 덜커덩 흔들었다. 칼을 손에 쥔 채 문 쪽으로 다가갔다. 열까 말까, 고민하다가 체중을 실어 강하게 문을 밀어젖혔다. 그 바람에 바짝 붙어 서 있던 이가 문에 부딪혀 쓰러졌다. 주인이었다. 술에 잔뜩 취해 인사불성이었다. 그는 나를 위협적으로 노려보다가 내뱉었다.

"터키에서 꺼져! 더러운 난민 새끼들!"

그가 어젯밤 무슨 의도로 내 방문을 열려 했는지 알 수 없었다. 화가 나 날이 밝자마자 따지려 했으나 보이지 않았다. 생각해보니 따지면 뭘 하나 싶었다. 아니, 얼굴을 보면 더 화가 치밀 것 같았다. 주인과 마주치기 전에 얼른 짐을 빼서 숙소를 나왔다. 어디로 가야 할지 몰라, 일단 매일 아침을 먹던 카페로 향했다. 새로 방을 잡을까 고민했지만 그냥 카페에 팁을 주고 짐을 맡기기로 했다.

짐을 맡긴 후 곧장 배편을 알아보러 항구로 나갔다. 하지만 오늘따라 더 분위기가 흉흉했다. 무슨 일이 일어난 건지 경찰과 구경꾼 들로 시장 바닥 같았다. 관광객들의 대화를 엿들으니 코스 섬으로 난민을 싣고 가던 배가 뒤집혔단다. 팽팽하게 당겨져 있던 긴장의 끈이 탁 끊어졌다.

'그리스는 포기하자.'

다시 이스탄불로 올라가서 비행기를 타고 유럽으로 넘어가는 것도 방법이었다. 생각지 못한 지출이 부담되지만 무작정 머물러 있다가는 여행은커녕 심신이 지칠 것만 같았다.

버스표를 알아보기 위해 정류장으로 향했다. 가는 길에 보니 점심시간인지 아이들이 운동장에서 놀고 있었다. 마지막이다 싶어 파란 교복을 입은 아이들 사진 몇 장을 찍고 있는데, 누군가 달려와 목덜미를 낚아챘다. 카메라가 바닥에 떨어져 나뒹굴었다. 순식간에 일어난 일이었다. 남자가 바닥에 떨어진 카메라를 들어 내리칠 기세로 소리 질렀다. 당황한 데다가 터키어라 무슨 말인지 제대로 알아듣지 못했다. 사람들이 웅성거리며 몰려들었지만 그 누구도 나를 도와줄 것 같지는 않았다.

"왜 그래? 진정해!"

목덜미를 잡힌 채, 반복해 물었다. 하지만 남자는 무작정 소리만 질러댔다. 안 되겠다 싶어 알고 있는 터키어를 떠올렸지만 물, 빵, 화장실 따위밖에 생각나지 않았다. 기어코 남자는 주먹으로 나를 내리쳤다. 그대로 나동그라져 시멘트 바닥에 얼굴을 처박았다. 찰나였지만 기절했고, 정신을 차렸을 때는 남자가 내 카메라를 보며 주위 사람들에게 무어라 화를 내고 있었다. 그제야 이해가 갔다. 아마도 내가 불순한 의도로 아이들 사진을 찍었다고 오해하고 있는 듯했다. 그런 게 아니라고 항변하고 싶었지만 턱을 얻어맞은 탓에 입이 제대로 벌어지지 않았다. 남자가 다시 나를 내려치려 구둣발을 올렸다. 어느새 그 남자뿐 아니라 장정 몇이 달려들어 내게 린치를 가했다. 이렇게 맞다가는 죽을지도 모른다는 생각에 있는 힘껏 몸을 솟구치듯 일으켜 도망쳤다. 카메라를 찾아야 한다는 생각이 들었지만 맞설 용기가 나지 않았다.

앞만 보고 도망치다 막다른 골목에 다다랐다. 어디로 가야 할지 몰라 굳어 있는데, 저기 익숙한 얼굴이 보였다. 고양이 소년이었다. 아이는 나에게 따라오라며 고개를 까딱하더니 골목길 너머로 사라졌다. 홀린 듯 아이를 따라갔다. 아이는 내가 쫓아올 수 있게 적당한 거리에서 멈췄다가 다시 뛰기를 반복했다. 숨을 고를 새도 없이 아이를 놓치지 않기 위해 허겁지겁 뛰었다.

아이는 돌담 앞에 멈춰 묘한 미소를 지었다. 그러고는 정말 고양이처럼 단숨에 담을 타고 넘었다. 아이의 모습이 사라진 후에야 여기가 어디인지 둘러보았다. 유적지 같았지만, 관광객이나 인기척은 없었다. 숨을 죽이고 안으로 들어섰다. 폐허처럼 아무렇게나 놓인 조각물들과 잘 가꿔진 장미 정원이 묘하게 어우러졌다. 공주가 영원히 잠들어버려 시간이 멈춰진 성 같았다.

뒤늦게 안내 패널을 발견했다. 마우솔로스 왕의 무덤이라고 적혀 있었다. 웅장하고 아름다운 무덤을 갖기 원했던 왕이 죽은 뒤, 여왕이 그 꿈을 대신 이루어주었다 했다. 그러고 보니 여행서에서 세계 7대 불가사의 중 하나라고 본 기억이 났다. 이런 상황에 느긋하게 유적지나 감상하고 있을 기분은 아니었지만, 일단 숨이나 돌리고 가자 싶었다. 어차피 얻어맞은 골반이 욱신거려 제대로 걸을 수가 없었다. 어디 잠깐이라도 누워 있고 싶었다. 정원 쪽 벤치에 눕자니 지나가는 사람들의 시선이 두려웠다. 좀 더 은밀한 곳을 찾아 내려갔다.

개방된 무덤터라는 독특한 형태 때문에 지하로 들어갈 수 있었다. 지하엔 작은 동굴 같은 공간이 포도송이처럼 연결되어 있었다. 동화 속에 나오는 두더지 집 같았다. 마치 내가 이 곳으로 도망쳐 올 줄 알고, 누군가 숨으라고 만들어놓은 듯했다. 사방은 막혔지만 뚫린 천장으로 하늘을 볼 수 있었다. 파란 하늘을 바라보니 그제야 긴장이 풀어져 온몸이 늘어졌다.

안도감이 가시고 나자, 남의 무덤 안에 들어와 숨어 있는 신세가 처량해졌다. 밤에는 원인 모를 습격을 받고, 낮에는 개처럼 얻어맞고……. 기가 차다 못해 눈물이 나려 했다. 한 달 동안 좋은 기억이 대부분이었던 여행에 오점이 남은 것을 넘어 여행 자체가 싫어졌다. 남은 일정을 포기하고 그냥 한국으로 돌아가버릴까, 진지하게 고민하다 문득 의문이 들었다.

'한국으로 돌아가면 그다음에는 뭘 해야 하는 걸까. 아니, 애초에 내가 돌아갈 곳이 있었나.'

비가 오려는지 맑았던 하늘에 구름이 꼈다.

분노가 가신 후에는, 현실적인 고민을 나누기 시작했다. 어느 동기는 공기업 시험을 준비한다더라, 기획팀 박 선배는 의전원 시험을 치기로 했다더라, 마케팅부 장 선임은 카페 자리를 알아보고 있는데 아내분은 벌써 바리스타 수업을 듣는다더라……. 모여서 그런 이야기를 나누다 보면 미세 먼지를 잔뜩 들이마신 것처럼 가슴이 답답해져 누가 먼저랄 것도 없이 담배를 꺼내 피웠다.

버티다 못해 하나둘씩 사직서를 냈다는 소식이 주위에서 들려왔다. 남아 있으면 연봉 삭감은 물론 영업직으로 빠진다는 말도 돌았다. 혹자는 버티는 사람들은 산간 오지로 보내진다고도 했다.

'버틴다'.

버틴 뒤에 무엇이 남을까.

'그 국숫집은 벌써 문을 닫았겠지……'

긴장이 풀어졌는지 참을 수 없이 배가 고파오자 인쇄소 사장님이 권하던 국수 생각이 났다. 방콕으로 가지 않는 이상 맛볼 수 없다는 사실에, 먹어본 적도 없는 그 국수 맛이 그리워졌다. 마치 이 모든 고난이 아저씨의 권유를 뿌리치고 국수를 먹지 않아서인 것만 같았다. 그런 생각을 하니 마음이 더 헛헛해졌다. 사탕이라도 없나 싶어 주머니를 뒤적였다. 물컹한 느낌에 손을 빼자 손가락에 빨간 핏물이 들어 있었다. 아까 다친 건가. 자세히 보니 핏물이 아닌 열매즙이었다. 일전에 고양이 소년이 주었던 그 열매에서 나온. 상했는지 비릿한 악취가 났다. 꼭 피비린내 같았다. 그리고 보니 고양이 소년은 어디로 간 걸까. 나를 이 무덤 안으로 숨겨주고 어디로 사라졌나.

갑자기 그 아이의 얼굴이 어떻게 생겼는지 기억이 나지 않았다. 갈색 머리였던가, 까만 머리였던가. 푸른 눈이었던가, 초록 눈이었던가. 다른 아이들이 학교에 있을 시간에 항상 골목에 혼자 있던데, 학교는 다니지 않는 건가. 어디 몸이 아프기라도 한 걸까. 잠깐, 그 아이를 골목이 아닌 다른 곳에서 본 듯도 했다. 그곳이 어디였더라. 카페 거리, 항구, 선착장, 난민촌……. 나는 아이의 모습을 떠올리려 애썼다. 그러다가 간밤의 습격으로 제대로 자지 못한 탓인지 나도 모르게 잠이 들었다.

파란 교복을 입은 아이들이 둥글게 원을 그리고 있다. 원 안에는 아이들 또래의 어린 내가 무릎을 가슴팍에 끌어안은 채 웅크리고 있다. 파란 교복을 입은 아이들은 콧구멍에 손가락을 넣고 혀를 날름거리며 나를 놀려댄다. 나는 무섭고 서러

위 훌쩍이기 시작한다.

"마음대로 사진 찍어서 미안해. 미안해."

나는 꺼이꺼이 울며 아이들에게 사죄한다. 무릎에 콧물과 눈물이 섞인, 동그랗고 짙은 얼룩이 진다.

"꺼져버려, 더러운 난민 새끼."

아이들은 내 사죄에도 불구하고 원을 좁혀 오며 고약한 멜로디의 돌림노래를 부른다.

냐옹, 냐옹.

어디선가 고양이 울음소리가 들려 화들짝 놀라며 일어났다. 시야에 고양이 꼬리가 스쳤다 사라졌다. 얼마나 잠든 걸까. 추위에 몸이 덜덜 떨려왔다. 두세 시간은 훌쩍 지난 듯했다. 객지에서, 그것도 남의 무덤에서 얼어 죽을 수는 없다는 생각에 얼른 정신을 차려 밖으로 나갔다.

당장에라도 보드룸을 떠나고 싶었지만, 우선 가방을 찾아야 했다. 나는 짐을 맡겨둔 카페로 힘없이 걸었다. 걸으면서도 나를 폭행했던 무리를 마주칠까 두려워 가능한 한 인적이 없는 곳으로 걸어 카페에 도착했다.

카페 앞에서 사람들이 모여 웅성거렸다. 또 무슨 일일까. 불안감에 질릴 대로 질려 한기가 들었다. 카페 앞 해변에 인파가 몰려 있었다. 고개를 빼서 보니, 해변가에 작은 덩어리 하나가 누워 있다. 처음에는 심해어가 파도에 실려 왔거나, 죽은 새의 사체인 줄로만 알았다.

아이였다. 담요를 똘똘 말아 던져둔 것처럼 작은 아이가 누워 있다. 얼굴은 검은 모래에 파묻혀 있고 팔은 뒤로 축 늘어진 채. 두 손바닥은 하늘을 향해 있다. 시야가 하얗게 번졌다. 아이는 왜 저기 누워 있는 거지. 왜 저런 곳에 잠들어 있는 거지. 술래잡기를 하다가 지쳐 잠시 쉬는 중일까, 아니면 어른들을 골리려 장난치는 것일까. 그것도 아니면, 그것도 아니면.

나는 곧 아이가 살아 있지 않다는 걸 알아차렸다. 주위의 웅성거림을 주워 문장을 만드니 난민을 태운 배가 뒤집혀 익사한 아이가 파도에 떠밀려 온 것이었다.

바다가 아이를 토해냈다. 집을 떠나 고향을 떠나 바다를 건너던 아이가 내뱉어졌다. 세상이 버린 아이는 바다도 품지 못하겠다는 듯이.

군인이 두 손으로 아이를 들어 올렸다. 그제야 모래에 파묻혀 있던 아이의 얼굴이 드러났다. 내게 열매를 따서 준 고양이 소년의 얼굴이었다. 아니, 아니다. 그 아이의 머리칼이 저렇게 갈색이었던가. 눈이 저렇게 푸르렀나. 혼란스러움에 겨드랑이가 축축이 젖었다. 얼마 후 소년의 얼굴이 사라지고, 국수를 권하던 인쇄소 아저씨의 얼굴이 보였다. 숨이 명치에 턱 걸려 목으로 넘어오지 못했다. 그의 얼굴이 사라지고 동료들의 모습으로 바뀌었다. 중학생 아이 둘을 둔 가장의 얼굴, 늦은 나이에 바리스타 자격증을 따느라 분주한 얼굴, 한국에 치킨집이 몇 개나 늘어나야 이 짓을 멈추겠냐며 웃어젖히던 얼굴, 베트남에 아이를 데려갔다가 내쫓긴 아버지의 얼굴. 변검처럼 쉼 없이 바뀌던 얼굴이 딸칵하고 고정되었다.

익숙한 얼굴.

나다.

내 얼굴이 난민의 얼굴을 하고 있다.

아니, 너다.

아니, 아니. 우리다.

이목구비는 다르지만 모두가 세상에서 떠밀린 난민의 얼굴이다.

밀려나고,

밀려온다.

밀려나고, 밀려온다.

Merci(메르시)

프랑스 파리

평범한 책이었다.

세월 탓에 보라색 천으로 된 표지는 네 귀퉁이가 닳고, 까만 띠로 장식된 책등 아랫부분은 손톱이 뒤집힌 것처럼 벗겨져 있었다. 딱히 예쁘다거나 그렇다고 고서로서의 값어치가 있어 보이지도 않았다. 그저 소박한 책이었다.

여행 이틀째였다. 몽마르트 언덕의 작은 기념품 상점에서 그 책을 처음 만났다. 관광객들을 상대로 원화인 척 눈속임을 하는 조잡한 프린트 그림들 사이에 끼어 있었다. 그림을 구경하다가 뜬금없이 놓여 있는 그 책을 발견하고는 시선이 멈췄다. 두께는 2~3센티 정도 될까? 표지를 감싼 천이

낡아 각질이 일어난 듯 질감이 뚜렷하게 느껴졌다. 표지에 "DRAWING"이라고 서툰 필기체로 쓰여 있을 뿐 장르나 출판사, 출판 연도 등 책에 대한 정보는 전혀 보이지 않았다. 대신 작가의 이니셜인 듯한 "S. J"라는 서명이 표지 아랫부분에 분홍색 자수로 새겨져 있었다.

파는지 물어보려는데 주인이 보이지 않았다. 만져보고 싶어 가까이 다가갔지만, 그림 액자들이 촘촘히 세워져 있어 손에 닿지 않았다. 뒤늦게 주인이 왔을 때는 일행이 재촉하는 바람에 자리를 떠야만 했다. 그것이 그 책과의 첫 만남이었다.

책을 뒤로하고 다시 몽마르트 언덕을 구경하기 시작했다. 골목 곳곳을 살펴보고 싶었지만, 일행의 동선을 따라가느라 겉핥기식으로밖에 보지 못해 아쉬웠다. 하지만 사크레쾨르 대성당에서 내려다보는 파리 시내의 전경은 아름다웠다. 분홍 노을을 밑에 회색빛 건물이 방사형으로 뻗은 모습이 덜 세척한 붓으로 그린 탁한 수채화 같았다. 무엇보다 전 세계에서 온 다양한 인종이 한데 모여 입을 헤벌리고 함께 노을을 바라보는 자체가 진풍경이었다. 그제야 파리에 왔구나 싶었다.

올해로 아들이 스무 살이 되었다. 무사히 한 생명을 키워냈다는 사실이 스스로 대견했다. 그래서 나 자신에게 선물을 주고 싶어 새해가 되면 어디든 떠나볼까 하던 참이었다. 그러던 어느 날 반찬 가게에서 우체국 아저씨를 만났다. 지금은 퇴직하셨지만 동네 우체국에서 오래 근무하셨기에 편의상 그렇게 불렀다. 우리 애 어릴 때부터 오며 가며 예뻐해주셔서 아파트 단지에서 내가 유일하게 삼촌처럼 아버지처럼 따르는 분이었다. 아무튼 아저씨께서 대뜸 파리에 안 가겠느냐고 물었다.

무슨 소리냐고 되물으니 아저씨 사시는 105동 주민들끼리 파리로 단체 여행을 떠난다고 했다. 싸다 싶어 덜컥 신청은 했는데 죄다 여자들이라 남자 혼자 끼기도 그렇고, 키우는 개를 마땅히 맡길 때도 없고 해서 빠지기로 했다고. 그 바람에 한 자리가 비어 대신 갈 만한 사람을 찾고 있다 하셨다. 가격을 들어보니 내가 알아본 값보다 훨씬 저렴했다. 그 돈이면 수지맞는 거다 싶어 앞뒤 안 가리고 대뜸 가겠다고 했다. 낯가림이 심해 단체 생활이 걱정은 됐지만, 그렇다고 쉰이 넘어 젊은 사람들처럼 배낭여행을 하기에는 겁이 나던 터였다. 덕분에 시세의 반절도 안 되는 가격으로 파리에 갈 수 있게 되었다.

여행 준비를 하면서 내내 달떴다. 아이가 태어난 이후 처음으로 떠나는 제대로 된 여행이었다. 나는 20여 년 동안 밀린 숙제를 몰아서 해치우듯 여행 준비에 열을 올렸다. 도서관에서 파리에 관한 책이란 책은 모두 대여해 읽어 내려갔다. 파리 여행 정보 외에도 프랑스 역사와 정치·문화·예술 분야까지 섭렵했다. 남편이 이민 가는 사람도 그렇게는 안 하겠다고 타박했지만, 그저 여행 준비 자체가 큰 즐거움이었다.

파리의 4월 날씨는 서늘하다고 들어, 큰마음 먹고 유행하는 아웃도어 브랜드의 점퍼도 구입했다. 시즌이 몇 년 지난 세일 상품이기는 했지만 제법 태가 났다. 트렁크도 사려 했으나 너무 비싸, 그건 남편 친구에게서 빌렸다. 짐은 떠나기 일주일 전부터 쌌다가 풀었다가를 너덧 번 반복했다.

떠나기 전날에는 아침부터 남편과 아들이 먹을 사골을 한 솥 끓였다. 한 번 먹을 분량으로 봉지에 나눠 담아 냉동실에 넣어두고서야 안심이 되어 자리에 누웠다. 하지만 팔이 저릿할 정도로 심장이 뛰어 잠들지 못하고 내내 뒤척였다. 기어코 냉장고에 채소가 남아 있다는 핑계로 밑반찬을 만들며 꼬박 밤을 새웠다. 그렇게 요란한 준비 끝에 비행기에 올랐다. 일주일 동안 파리와 그 근교를 둘러보는 일정이었다.

첫날은 이곳이 서울인지 파리인지 실감이 나지 않았다. 비행기가 저녁에 도착해, 시내에 들어오자 이미 날이 저물어 있었다. 숙소 주변을 둘러보는 것으로 첫날 일정을 마무리했다. 첫 끼가 프랑스 요리가 아닌 중국 음식이라 실망했지만, 오랜 비행에 뒤집힌 속을 국물로 달랠 수 있어 나쁘지 않았다.

다음 날부터는 강행군이었다. 아침 일찍 근교 몽생미셸에 갔다가 저녁에는 몽마르트 언덕까지 오르는 빡빡한 일정. 그 덕에 호텔로 돌아오자마자 침대에 뻗어버렸다. 집에 전화를 해야겠다 생각은 했지만, 힘이 없어 문자로 안부를 대신했다.

그러고는 곧장 잠이 들었다. 그날 꿈에 몽마르트 언덕에서 본 보라색 책이 나왔다. 몇 번이나 손을 뻗었지만 책은 잡힐 듯 말 듯하다 결국 잡히지 않았다. 꿈속에서 도망치는 책을 쫓아 밤새도록 파리 시내를 누볐다.

셋째 날은 여행 전부터 가장 기대했던 미술관 투어를 했다. 제일 먼저 간 곳은 루브르박물관이었다. 들어가자마자 지도를 펼쳐 들고 놀이공원에서 무엇을 먼저 탈지 고민하는 아이처럼 관람 계획을 세웠다. 가장 맛있는 음식은 아껴두듯 마지막으로 「모나리자」를 볼 생각이었다. 초반부터 경외감이 들정도로 웅장한 그림들 사이에서 흥분한 탓에 가벼운 현기증이 일었다. 결국 계획 따위는 잊고 반쯤 혼이 나간 채 눈길 닿는 대로 구경했다. 고개를 젖혀 입을 벌리고 보느라 나중에는 뒷덜미가 당기고 입 안이 바짝 말랐다. 인쇄물이나 화면으로만 봤던 작품들을 눈앞에서 보게 되자 심장이 두서없이 뛰었다. 어릴 적 아버지가 구해다 주셨던 화집을 보던 때가 떠올랐다.

아버지는 수입상이었다. 고가의 수입 가구나 장식품을 가져와 팔았다. 모두 값비싼 물건들이었지만, 제품군이 다양하지 못하던 때라 부잣집 사모님들의 발길이 끊이지 않았다. 덕분에 어린 시절 부족함 없이 자랐다.

어머니는 늘 우아했다. 매장에 걸린 액자 속에서 티타임을 즐기는 유럽의 귀부인 같았다. 취향 또한 고상하기 그지없어서, 나는 그 나이 또래에는 접하기 힘든 예술에도 일찌감치 눈을 떴다. 어머니는 반은 자신의 꿈을 대신해, 반은 허세로

딸이 예술을 하기를 바랐다. 지금도 별반 다름없지만 그 시절 자식을 소위 '예술쟁이'로 키운다는 건 곧 부유함을 상징했다. 그 덕에 나는 자의 반 타의 반으로 자연스럽게 화가라는 꿈을 가지게 되었다. 어머니는 늘, 나를 파리로 유학 보낼 거라고 말했다. 따라서 나는 나이가 들면 당연히 파리로 가게 될 줄 알았다. 크리스마스에는 아버지가 외국에서 구해온 루브르미술관 도감이나 오르세미술관 도감을 선물로 받았다. 책을 보며 늘 책 속 작품들 앞에 서 있는 나를 그려보고는 했다.

크리스마스 선물을 받고 좋아하던 아이는 어느새 오십 줄의 중년이 되었다. 격세지감인지 작품을 본 감동 때문인지 머릿속이 아득해졌다. 어지럼증에 잠시 벽에 기대어 숨을 고르는데, 미술관 곳곳에 미술학도로 보이는 사람들이 이젤을 펴놓고 모작을 하는 모습이 보였다. 개중에는 내 또래도 있었다. 부러운 눈으로 대가의 작품과 그들의 작품을 번갈아 감상하고 있자니, 이 공간에 하염없이 머무를 수 있을 것만 같았다. 영화에서처럼 미술관 문이 닫혀 작품들과 함께 갇히는 상상까지 했다. 그림 속 인물들이 살아나고 조각상들이 움직이고 그사이 나는 그들의 은밀한 파티에 초대를 받는다. 상상만으로도 손끝까지 피가 돌았다.

하지만 내게 주어진 시간은 많지 않았다. 105동 사모님들은 한 시간도 못 되어 지쳐버렸다. 숙제를 해치우듯 일찌감치 「모나리자」를 보고 와서는 두셋씩 퍼질러 앉아 가이드를 붙잡고 빨리 나가자고 졸라댔다. 서른 초반의 총각 가이드는 엄마뻘인 아줌마들의 우는 소리를 듣느라 눈 밑이 푹 꺼져 있었다. 결국 성화에 못 이긴 가이드를 앞세워 그들은 미술관을 돌다 말고 나왔다. 그 바람에 나도 끌려 나오다시피 발길을 돌려야 했다. 이제 겨우 회전목마 하나 탔는데, 바이킹과 롤러코스터 근처는 가보지도 못하고 놀이공원에서 쫓겨나는 기분이었다. 좀 더 둘러보고 싶다고 청할까 했지만, 단체 여행이니 다수의 뜻에 따라야겠다 싶어 삼켰다.

좀처럼 떨어지지 않는 발길을 질질 끌며, 미술관을 나가기 전 기념품 숍에 들렀다. 그곳에서 두 번째로 그 책을 보았을 때는 착각인 줄 알았다. 꿈에서 밤새도록 책을 쫓아서 낮에도 환영을 보는 거라고. 게다가 몽마르트 언덕의 허름한 노점이 아닌 루브르박물관의 세련된 기념품 숍에서라 더욱 놀랐다. 미술관에 전시된 그림들이 수록된 화집들 틈에 그 책은 뻔뻔

한 얼굴로 끼어 있었다. 비닐로 포장된 새 책들 사이에서, 낡고 허름한 그 책은 누가 잘못 가져다 놓은 것처럼 어색했다. 멍하니 보고만 있다가 책을 꺼내보려는 찰나, 계산을 마친 105동 여자들이 나를 불렀고 잠시 고민하다가 결국 돌아섰다.

다음 일정은 오르세미술관이었다. 한국에서 미리 구한 미술관 지도를 보고 꼼꼼히 동선을 짜놓은 터였다. 그러나 거기서도 좀 보려고 하는 참에 일행에게 휩쓸려 일찌감치 밖으로 나와야 했다. 미술관을 막 나온 105동 여자들은 단합해서 가이드 팔을 잡고 늘어지더니, 미술관 투어는 이쯤에서 그만하고 백화점에나 가자고 했다. 나는 문이 닫히는 놀이공원 앞에 선 아이처럼 고개를 떨구었다.

라파예트 백화점은 나름대로 장관이었다. 천장을 메운 스테인드글라스의 화려함이 어떤 고가의 상품들보다 눈을 현혹시켰다. 하지만, 아무리 건물이 볼 만하다 해도 명품 매장 앞에서 중국인들에 섞여 줄을 서는 건 고역이었다. 살 것이 없다고 손사래를 쳤지만, 같은 방을 쓰는 105동 반장이 자신은 면세 한도가 넘었다며 대신 구매해달라고 했다. 거절하지 못하고 꼬박 한 시간을 서 있었다. 이왕 기다리는 김에 나도 뭐 하나 사볼까 싶어 슬쩍 가격을 확인했지만 손바닥만 한 손수건 하나도 내가 살 수 있는 건 없었다.

속이 끓었다. 평생을 꿈꿨던 미술관에서는 얼마 머물지도 못했는데, 관심도 없는 가게 앞에서 시간을 흘리고 있자니 입에서 쓴맛이 났다. 더 참지 못하고 줄에서 이탈했다. 뒤에 있던 반장이 어깨를 잡았지만 뿌리치고 뛰쳐나갔다. 줄을 선 일행이 그런 나를 향해 쑥덕이는 소리가 머리채를 잡았다. 주위를 감싼 반짝거리는 물건들의 화기에 데기라도 한 듯 나는 허겁지겁 도망쳐 나왔다.

백화점 밖에는 비가 오고 있었다. 막상 뛰쳐나오기는 했지만 어디로 가야 할지 몰라 쇼윈도 앞에 쪼그려 앉은 채 비 오는 거리를 바라보았다. 나와는 채도와 질감이 전혀 다른 사람들이 앞을 지나쳤다. 빗방울 사이사이로 낯선 언어가 닿았다 멀어지며, 갑자기 이곳이 타국이라는 이질감이 밀려왔다. 불안한 마음을 달래려 미술관 안내 지도를 펼쳤다. 그리고 미처 보지 못한 전시관을 손으로 짚어가며 그곳을 거니는 상상을 했다.

다음 날부터 105동 여자들과 나 사이에 보이지 않는 벽이 생겼다. 백화점에서의 일 때문인지, 같은 방을 쓰는 반장도 내게 좀처럼 말을 걸지 않고 눈만 흘겼다. 아침에 반장은 화장대에 앉아 조곤조곤한 목소리로 어제 결국 사려던 걸 못 샀다 했다. 피곤했겠지만 그 정도 부탁도 못 들어주느냐며 섭섭한 내색을 비쳤다. 모두가 여행에 내가 끼는 것을 반대했지만 자신이 애써 설득했다는 얘기도 덧붙였다. 반장이 말하지 않아도 여행 전부터 105동이 아닌 104동 주민인 나를 다들 탐탁지 않아 한다는 걸 알고 있었다.

평수만 비교해도 104동에 비해 105동은 1.5배가 넘었다. 105동은 자기들끼리만 반상회를 열고, 105동 아이들만 다니는 보육원이 있고 105동 주민만 들어갈 수 있는 피트니스 센터가 있었다. 같은 아파트 단지 내에서도 105동은 그들만의 독립된 성이었다. 그렇게 공고히 싸여 있던 105동 울타리 안에 104동 여자 하나가 덜렁 낀 것이다. 눈엣가시처럼 여겨질 만했다.

노트르담 성당을 보기 위해 시테 섬에 가서도 무리에서 내내 소외되었다. 단체 관광객을 상대로 한 싸구려 식당에서 달팽이인지 고둥인지 모를 음식을 씹으면서도 눈총을 받았다. 기념사진을 찍을 때도 자리를 잡지 못하고 어정쩡하게 서 있었다. 그러다 가이드 청년이 겉도는 나를 챙긴답시고 말을 걸어주고 팔짱도 끼고 하는 바람에 되려 105동 여자들 눈 밖에 완전히 나버렸다. 졸지에 나는 어린 청년을 꾀어내는 요상한 꼴이 되어버린 것이다. 하루 종일 속이 더부룩했다. 점심에 먹은 달팽이 한 마리가 위장에 딱 달라붙어 떨어지지 않는 느낌이었다.

결국 행렬의 제일 뒤꽁무니에 붙어 최대한 눈에 띄지 않게 행동했다. 오히려 어느 정도 거리를 두고 걷는 것이 마음이 편했다. 놀이터 구석에서 또래와 떨어져 혼자 흙장난에 빠진 꼬마처럼, 나는 가이드의 설명을 귓등으로 흘리며 내가 보고 싶은 거리와 사람을 구경하느라 바빴다. 그러다가 여행 전 관광책자에서 보았던 서점을 발견했다. 파리에 머물던 작가들이 아지트로 삼았다던 셰익스피어앤드컴퍼니 책방이었다. 105동 여자들이 아이스크림을 사 먹기 위해 줄을 서 있는 사이 잠깐 틈이 났고, 나는 홀린 듯 서점으로 향했다.

서점 안에 들어서 종이 냄새를 깊숙이 빨아들이자 쪼그라

들었던 폐가 부풀며 움츠렸던 어깨가 절로 펴졌다. 나는 좁은 공간을 가득 메운 책들을 탐험하듯 훑어보기 시작했다. 그러다가 한 명이 겨우 올라갈 만한 계단을 지나 2층으로 향했다. 다락방처럼 생긴 실내에는 낡은 소파와 피아노 한 대가 놓여 있었다. 작은 창으로 은은하게 새어 들어온 햇살에 닿아 책등이 노랗게 빛이 바래 있었다. 책등을 손등으로 훑자 위장에 붙어 있던 달팽이가 주르륵 미끄러져 내려갔다.

그때 그 책을 보았다. 보라색 책. 나도 모르게 짧은 비명을 질렀다. 조용한 서점 안의 눈들이 순식간에 내게로 모였다. 황급히 고개를 숙이고 책장 뒤로 몸을 숨겼다. 책은 그림책 코너에 놓여 있었다. 두근거리는 마음을 달래며 책을 집어 들었다. 보라색 천의 거슬한 질감이 피부에 닿자 책에 온도가 있는 듯 손바닥이 따뜻해졌다. 세 번째 만남이었다. 장소는 달라졌지만 분명 똑같은 책이었다. 네 모퉁이가 닳아 있는 점도, 손톱을 젖힌 것처럼 책등이 떨어져 있는 모양새도 모두 똑같았다. 대량으로 찍어낸 같은 책들이 각기 다른 곳에 꽂혀 있다고 여기기에는 말이 안 됐다. 낡은 정도부터 흠집이 난 위치까지 똑같을 수는 없다.

마술사의 모자에서 튀어나온 토끼라도 본 것처럼 얼떨떨했다. 책을 쓰다듬으며 이 기막힌 우연에 대해 생각했다. 마치 이 보라색 책이 내가 가는 곳마다 보위하듯 따라오는 기분이었다. 내내 일행에 소외당하고 있던 터라, 동지를 만난 것처럼 더 반갑고 친근하게 느껴졌다. 놀라움이 가신 후에는 무슨 책일까, 왜 자꾸 눈에 띄는 것일까, 궁금해서 참을 수가 없었다.

드디어 첫 장을 열어보려는 순간, 어디선가 피아노 소리가 들려와 하마터면 책을 놓칠 뻔했다. 붉은 머리칼의 곱슬머리 아가씨가 책장들 사이에 놓인 피아노에 앉아 연주를 하고 있었다. 피아노가 장식품인 줄로만 알았던 나는 그녀의 갑작스러운 행동에 화들짝 놀랐다. 아가씨는 한두 번 쳐본 게 아닌 듯 자연스럽게 연주를 이어갔다. 공간에 소리가 녹아들자 몸도 녹아내렸다.

그때 진동이 느껴졌다. 피아노 소리인가 지나쳤다가, 계속되자 핸드폰이 울리고 있음을 깨달았다. 다급히 핸드폰을 열자 가이드였다. 그제야 시간을 확인하니 눈 깜짝할 사이에 20분이 흘러 있었다. 허둥지둥 좁은 계단을 뛰어 내려갔다. 서점을 나가려는 찰나, 점원이 나를 불러 세워 내 손에 들린 보라색 책을 가리키며 계산할 것인지 물었다. 나는 당황해 도리질을 하며 책을 카운터에 내려놓았다.

서점 밖으로 나오자 가이드가 나를 발견하고 크게 손을 흔들었다. 그 뒤로 다 먹고 남은 아이스크림콘을 든 채 입이 댓발 나와 있는 105동 여자들이 보였다. 등허리에 얼음물이 끼얹어진 듯 섬뜩했다. 그들은 나 때문에 일정이 늦어졌다며 뿔이 날 대로 나 있었다. 가이드가 분위기를 풀려고 농담을 던졌지만 그럴수록 공기는 더 냉랭해졌다. 결국 나는 오후 내내 꾸역꾸역 눈칫밥을 먹으며 땅만 보며 걸었다.

그날 마지막 일정으로 센강에서 야간 유람선을 탔다. 강바람이 생각보다 차서 관광객들 대부분은 선체 내부에 머물러 있었다. 눈에 띄지 않는 구석에 앉아 야경을 보는데, 105동 여자들이 빈자리를 두고 부러 내 뒷줄에 앉아 수군거렸다.

"역시 104동 여자를 끼워주는 게 아니래도."

"지 혼자 고상한 척은 다 한다니깐."

"단체 여행을 왔으면 맞춰야지, 무슨 민폐야."

귓등을 긁는 소리에 쫓겨나듯 뱃머리로 나왔다. 강바람이 매서웠지만 그보다 구박이 더 매서워 안으로 들어갈 수가 없

었다. 유람선이 센강을 따라 파리 시내를 한 바퀴 돌 동안 찬
바람을 오롯이 맞아야 했다.

　내가 중학생이 되던 해 우리 집에 바람이 몰아쳤다. 물 들
어올 때 노 저어야 한다고, 가게가 잘되자 아버지는 무리해서
사업을 확장했다. 그러다가 덩치를 감당 못 하고 부도가 났다.
게다가 함께 동업하던 친구에게 사기를 당해 보증 빚까지 떠
안게 되었다. 모든 일이 그렇겠지만 망하는 건 정말 순식간이
더라. 빈껍데기도 그런 빈껍데기가 없었다. 엎친 데 덮친 격으
로 아버지가 위암으로 쓰러지셨다.

　어머니는 더 이상 고상한 생활을 유지할 수 없게 되자 몹시
힘들어했다. 꽃꽂이나 음악 감상으로 하루를 보내던 어머니
는 졸지에 식당에 나가 온종일 설거지를 하는 신세가 되었다.
가세가 기울자 나는 곧장 그림 공부를 관두었다. 고등학교에
올라가서는 수업료도 제대로 낼 수 없는 지경에 이르렀다. 유
학은커녕 대학 진학조차 꿈꿀 수 없게 된 것이다. 졸업과 동
시에 취업 전선에 나섰다.

　작은 인쇄소에 취직해 서무 일을 보았다. 집에서 다니기 편

해 아버지 병시중을 도울 수 있다는 점이 가장 큰 이유였다. 무엇보다 책을 만질 수 있는 것이 좋았다. 힘든 직장 생활에서도 책이 인쇄되는 과정을 보며 위안을 얻고는 했다. 틈이 날 때엔 인쇄하고 남은 종이를 얻어다가 스케치북을 만들었다. 언제가 될지는 몰라도 다시 그림 공부를 할 수 있을 때를 대비해서. 그렇게 종이를 자르고 오리고 꿰매며 스케치북을 만드는 일이 그 시절 유일한 낙이었다.

스물여섯 되던 해 아버지가 돌아가실 때까지, 인쇄소 월급으로 꼬박 아버지 병원비와 세 식구 생활비를 댔다. 말로만 듣던 소녀 가장이 되고 보니, 생활에 쫓겨 비애를 느낄 사이도 없었다. 그 세월이 지나는 동안 소녀처럼 양 볼이 발그스레했던 어머니는, 입꼬리에 추를 매단 것처럼 얼굴이 축 처졌다. 어머니는 거리를 지나다 가끔 환하게 핀 꽃다발이나 연주회 포스터를 마주치면 떠나간 애인을 보는 눈으로 바라보았다. 나는 아버지 장례를 끝내고 어머니에게 꽃다발과 연주회 티켓을 선물했다. 그 덕인지 어머니는 울지 않고 웃었다.

사느라 바빠 연애 한번 제대로 못 하다 서른이 되어 남편을 만났다. 평범한 공무원이었다. 평범함이 그의 가장 큰 매력이었다. 다른 것은 바라지도 않았다. 그저 나를 평범하게 살게 해줄 남자라고 믿었다. 일단 어떻게든 벗어나고 싶다는 마음이 강했다. 뒤늦게 얻은 소녀 가장이라는 타이틀로부터, 가족이라는 굴레로부터. 그렇게 가족을 벗어나 나는 다시 가족을 만들었다.

이런저런 생각에 빠져 있던 차에 주변에서 탄사가 쏟아졌다. 선체 내부에 있던 사람들이 어느샌가 밖으로 나와 있었다. 배가 다리를 지나자 에펠탑에 불이 켜진 것이다. 거대한 크리스마스트리 같은 에펠탑을 보며 모두들 입을 다물지 못했다. 나도 추위를 잊을 만큼 감탄했다. 에펠탑이 눈이 시릴 정도로 아름다워서인지, 그저 강바람에 눈이 시려서인지 나도 모르게 눈물이 났다.

전날 유람선 위에서 강바람을 맞은 탓에 으슬으슬 감기 기운이 돌았다. 여행 다섯째 날은 근교 베르사유 궁전에 갔다. 컨디션이 좋지 않은 나는 스케줄을 제대로 따라가지 못했다. 오한과 고열에 시달리느라 베르사유 궁전의 드넓은 정원이 내겐 황량한 사막처럼 느껴졌다. 목이 타고 현기증이 났지만 그 끝없이 이어지는 푸른 정원 어디에도 엉덩이 한쪽 붙일 데가 없었다. 내가 자꾸만 뒤처지자, 105동 여자들은 득달같은 눈빛으로 노려보았다. 그 눈빛에 못 이겨 마지막 안간힘을 내어 늘어진 꼬리처럼 무리의 끝에 따라붙었다. 어느 순간은 정말 여행이 아닌 고행처럼 느껴졌다.

무리했는지 온몸이 뜨거운 불판 위 버터처럼 녹아들었다. 결국 오후 일정은 포기하고 호텔에서 쉬기로 했다. 몸을 이불로 둘둘 말고 침대에 누워, 끝없는 열기에 빠져들었다. 파리에서의 한 순간 한 순간이 아까운데 이렇게 속절없이 앓아 누워 있는 나 자신이 한탄스러웠다. 끝없이 자책하다 겨우 잠이 들었을 때였다.

꿈속에서 계속해서 종이를 잘랐다. 인쇄소에서 남은 종이를 싸들고 와서 자르고 꿰매며 스케치북을 만들던 그 시절로 돌아가 있었다. 언제 이 스케치북을 쓸 수 있게 될지, 깊고 까만 우물을 들여다보는 심정이었다. 곧 내가 만든 스케치북이 탑을 이룰 만큼 쌓였다.

그때 환호성이 들렸다. 소리가 들리는 쪽으로 고개를 돌리니 에펠탑의 불이 반짝반짝 켜졌다. 어느새 꿈속 배경이 어두운 방이 아닌 센강 유람선 위로 바뀌어 있었다. 에펠탑을 보며 박수를 치는 사람들 사이에 섞여 넋을 잃고 있던 나는 무언가를 발견했다. 강물 위에 희멀건 물체가 둥둥 떠내려가고 있었다. 내가 만든 스케치북이었다. 탑을 이루었던 스케치북들이 검은 물 위에 무단 방류된 기름처럼 띠를 이루며 흘러가고 있었다. 나는 그것들을 줍기 위해 상체를 뱃머리에 걸치고 팔을 뻗었다. 그 순간 사람들의 박수 소리가 커졌다. 그 소리에 균형을 놓쳐 상체가 휘청 쏠리며 그대로 배에서 떨어졌다. 검은 물속으로 끊임없이 빠져들던 나는 뭐라도 부여잡으려고 허우적거렸다. 하지만 손에 잡히는 건 스케치북에서 떨어져 나와 물에 퉁퉁 불어터진 종잇조각들뿐이었다.

강물에 빠진 충격으로 잠에서 깨어났다. 어느새 밤이 되어 있었다. 호텔 창밖으로 에펠탑 꼭지가 겨우 보였다. 다행히 열은 가라앉았다. 핸드폰 액정이 반짝거려 확인하니 남편에게 전화가 와 있었다. 한국 시간으로 새벽이지만 일어나 있을 것 같아 발신 버튼을 눌렀다.

"어, 나는 잘 있어. 여기야 멋지지. 국이랑 반찬이랑 제대로 챙겨 먹었어? 남기지 말고 나 가기 전까지 다 먹어. 아니면 죄다 쉬어서 아까운 거 버린다. 도진이는? 깼어? 좀 바꿔봐. 도진아, 엄마 없어도 잘 지내고 있지? 아픈 데 없고? 목욕할 때 아빠랑 같이하고, 먹고 싶은 거 있으면 참지 말고 사달라 해. 응, 엄마 곧 갈 거야."

남편과 아들의 목소리를 듣고 나니 남아 있던 열 기운이 발끝으로 쑥 빠져나간 기분이었다. 액정에 묻은 얼굴 기름을 소매로 닦아냈다. 기름기가 가시자 까만 액정에 초췌한 얼굴이 비쳤다. 그제야 방 안을 둘러보았다. 같은 방을 쓰는 반장은 나갔는지 보이지 않았다. 이러고 있으면 안 될 것 같아, 옷을 챙겨 입고 휴게실로 나왔다. 105동 여자들이 휴게실에 모여 있었다.

"그러게 따라올 깜냥이 안 되면 말았어야지. 저렇게 유난을 떠니깐, 애가 그 모양이지."

나는 부모님의 잠자리를 목격한 아이처럼 화들짝 놀라 뒷걸음질 쳤다. 그리고 쫓기듯이 방 안으로 도망쳐 와 곧장 화장실로 숨어 물을 크게 틀었다. 목구멍이 뻐근해졌다. 이런 일이 한두 번도 아닌데, 매번 들썩거리는 마음이 새삼스럽다. 속을 가라앉히려 찬물로 입 안을 헹궜다.

진정이 될 즈음 핸드폰에서 진동음이 울렸다. 아들이 보낸 포토 메시지가 와 있었다. 매일 한 일을 그림일기로 그려 검사를 받았는데, 떨어져 있으니 그림일기를 사진으로 찍어 보낸 것이다. 나는 변기에 앉아 아이의 일기를 읽어 내려갔다.

그저 평범한 남자와 결혼해서 평범하게 살고 싶었는데, 첫 아이가 태어나고 내 인생은 평범과는 거리가 멀겠구나 싶었다. 아이는 발달 장애를 앓았다. 다른 아이들에 비해 조금 느리다고만 여겼지 크게 걱정하지 않았다. 하지만 점차 아이의 시선이 허공에 머무는 시간이 길어지고, 세 돌이 되어도 말이 확연히 늘지 않아 뒤늦게 병원에 갔다. 자폐라고 했다. 책에서 소녀 가장이라는 단어를 배웠을 때처럼, 자폐도 티브이에나 나오는 단어인 줄 알았다. 아버지가 쓰러졌을 때처럼 그저 머릿속이 황망했다. 그 뒤로는 역시나 절망할 사이도 없이 현실이 이어졌다. 아이에게 맞는 치료와 교육을 시키기 위해 동분서주했다.

그 세월 동안 안팎으로 겪은 풍파에 비하면 방금 들었던 말은 댈 것도 아니다. 몇 해 전 동네에 장애인 학교가 들어서기로 했을 때 나는 아파트 주민들의 생생한 적의를 온몸으로 받아내야 했다. 장애인 학교가 생기면 집값이 떨어진다며 주민들은 결사반대하여 시위까지 벌였다. 당시 단지에서 장애를 가진 아이는 우리 아이밖에 없었기에 내가 그 모든 분노의 표적이었다. 생판 모르는 사람들이 아니라 아침저녁으로 지나치며 인사도 나누던 이들에게서 받은 혐오는 아물지 않는 상처가 되었다. 그때 해도 해도 너무들 한다고 큰소리 한 번 못 냈던 게 지금도 딱딱한 응어리로 남았다.

집 안에서는 아이와, 밖에서는 세상의 적의와 싸우며 하루는 울고 하루는 화를 내고 하루는 포기했다. 그렇게 밀리지도 않고 하루하루가 쌓여 아이는 스무 살이 되었다. 아무도 인정해주지 않지만 나에게 아이의 성장은 훈장과도 같았다. 아직도 아이는 하루 일과를 그려 검사를 받는다. 하지만 이제는 직업학교에서 커피 내리는 법을 배우며 사회인이 될 준비를 하고 있다. 아이가 내린 커피의 쌉쌀한 맛처럼 쓰디쓴 시간이었다.

밖에 나갈 엄두가 나지 않아 이불을 말고 숨을 죽이고 있었다. 그러다 여행이 하루밖에 남지 않았다는 걸 깨닫자, 갑자기 이 밤이 아까워졌다. 20년 만에 찾은 혼자만의 시간을 이렇게 보낼 수는 없었다. 서둘러 옷을 챙겨 입었다. 어디로든 나가볼 생각이었다. 물먹은 스펀지 같은 마음에 곰팡이가 생기기 전에 건조시킬 방법이 필요했다. 나는 105동 여자들이 모여 있는 휴게소를 까치발로 지나쳐 호텔을 나왔다.

파리의 밤은 아름다웠다. 노란 조명 빛을 따라 밤안개가 퍼진 거리는 몽환적이었다. 마치 환각제를 먹은 기분이었다. 개선문을 등 뒤로 업은 채 정처 없이 샹젤리제 거리를 걸었다. 풍선에 든 헬륨 가스를 빨아 마신 듯한 관광객들의 웃음소리와 그들을 유혹하는 호객꾼들의 목소리가 뒤섞여, 거리는 밤인데도 소란스러웠다. 차들이 신호에 걸려 멈춰 서면 개선문을 배경으로 사진을 찍으려는 사람들이 도로 한중간으로 모여들었다. 갖가지 화려한 쇼윈도 매장과 심장박동에 맞춰 흘러나오는 음악 소리, 반짝이는 간판 조명에 눈을 어디에 두어야 할지 몰랐다. 히잡을 쓴 아랍의 귀부인들과 추운 날씨에도 반팔 차림인 남미 남자들, 그을린 피부에 화려한 금발의 아가씨들, 걸음마다 사진을 찍는 아시아인들까지 인종을 가리지 않고 모두 파리에 흠뻑 취해 있었다.

그들 사이를 스쳐 지나 멈추지 않고 앞으로 앞으로 향했다. 발밑이 가벼워 뮤지컬 영화의 주인공이라도 된 양 스텝이 절로 밟혔다. 그렇게 샹젤리제 거리를 만끽한 뒤에는 고요한 공원이 나왔다. 보이지 않는 소리의 막을 통과한 듯 요란스러운 거리를 지나 마주한 공원은 거짓말처럼 적막했다. 갑작스레 등장한 적막에 긴장이 풀어져 다리 관절이 삐걱댔다.

나는 물이 나오지 않는 분수대 앞 벤치에 앉아 숨을 골랐다. 잰걸음으로 걸어오느라 흐른 땀이 밤바람에 식어 서늘해졌다. 점퍼의 지퍼를 턱 밑까지 끌어 올리고 주위를 둘러보았다. 계절을 뽐내듯 공원은 꽃들로 가득했다. 달빛에 비치는 꽃은 해를 받은 때의 생동감과 달리 은은한 아름다움이 있었다.

분위기에 젖어 「밤에 피는 장미」라는 철 지난 유행가를 흥얼거리기 시작했다. 노래를 부르다 갑자기 서글퍼졌다. 이 밤이 아름답고 꽃이 아름다워 서글펐다. 내가 만개했던 시절은 언제였을까. 지난 세월을 아무리 곱씹어도 만개는 고사하고 봉오리째 떨어져버린 것은 아닐까. 어쩌면 이미 자생 능력을 잃은 채 뿌리가 말라버렸는지도 모른다.

그런 주제에 여행 내내 백화점에서 줄을 서 있던 여자들과 나는 다르다고, 나는 파리로 유학을 왔어야 할 사람이라고, 되지도 않은 알량한 자존심을 부렸다. 갑자기 꽃을 비추던 달빛이 방향을 틀어 내 안의 어둠을 비추었다. 가려보려고 옷깃을 여며도 달빛이 자꾸만 안으로 안으로 파고들었다.

외로워졌다. 그토록 꿈에 그리던 파리에 와서 나는 왜 이토록 외로워하고 있는 걸까. 돋보기가 달빛을 모아 종이라도 태우는 양, 내 속의 가장 어두운 부분에서 폴폴폴 연기가 나기 시작했다. 나는 불이 붙기 전에 벤치에서 일어났다. 한번 붙은 불은 좀처럼 꺼지지 않고 후회와 미련으로, 자책으로, 열등감으로 숲을 태우듯 번져나간다는 것을 알고 있었다.

공원에서 나와 콩코드 광장을 향해 다시 걷고 또 걸었다. 밤인데도 관광객들로 붐볐던 샹젤리제 거리와 달리 그 길은 인적이 드물었다. 사거리 횡단보도 앞에서 신호를 기다리던 때였다. 횡단보도 너머로 단발머리에 베레모를 쓴 동양 여자가 보였다. 한쪽 어깨에는 화구통을, 다른 쪽 어깨에는 스케치북이 든 천 가방을 메고 신호를 기다리고 있었다. 내 어머니의 옛 모습처럼 양 볼이 붉은 그녀는 호호 불어 손을 녹이고 있었다. 그때 나는 무언가를 발견했다. 그녀의 품에 그 책이 안겨 있었다.

매번 내 뒤를 쫓는 보라색 책.

놀라 책을 한 번 바라보고 다시 그녀의 얼굴을 올려다보는데, 순간 숨이 목구멍에 탁 채었다.

그녀는 생기 있던 시절의 나였다.

횡단보도의 불이 바뀌었다. 베레모 꼭지를 달랑거리며 그녀가, 아니 내가 걸어왔다. 하얀 입김을 뿜으며 총총걸음으로 마치 20여 년의 세월을 총총 건너뛰듯 가뿐히 다가왔다. 그녀가, 아니 과거의 내가 곁을 스치는 순간 아스라한 향기가 났다. 오래된 옷장에서 발견한 방향제의 잔향 같은 과거의 향기였다.

그 순간이었다. 웍 하는 소리와 함께 누가 내 어깨에 세게 부딪혔다. 나는 놀라 손에 쥐고 있던 핸드폰을 바닥에 떨어뜨렸다.

"퍽큐, 아시안!"

얼른 핸드폰을 주우려는데 머리 위로 거대한 그림자가 드리워졌다. 올려다보니 거구의 백인 남자였다. 덩치는 커도 우리 아들 또래밖에 안 되어 보이는 앳된 얼굴이었는데, 술에 취해 낯빛이 불그죽죽했다. 일부러 와서 부딪친 것인지 아니면 멍하니 서 있던 내가 미처 피하지 못한 것인지 파악할 새도 없이, 그는 나를 향해 삿대질을 하며 알아들을 수 없는 욕지거리를 해댔다. 겁에 질려 도움을 구하러 주위를 두리번댔지만, 인적 드문 밤길에 이 정도 시비는 늘 있는 일이라는 듯 흘깃거리며 지나칠 뿐이었다.

남자는 오늘 자신에게 있었던 불운이 죄다 내 탓이라도 되는 양 퍼부어댔다. 나를 내리찍어 누르는 듯한 그의 눈빛은 지난 20여 년 동안 내가 안팎에서 받았던 적의와 닮아 있었다. 내 속에 응어리져 있던 무언가가 울컥거렸다. 나는 튀어 올라오는 그것을 안간힘으로 누르며, 핸드폰을 주워 들었다. 떨어지는 충격에 핸드폰 액정이 깨졌고, 그 바람에 화면에 떠 있던 아들의 얼굴이 사선으로 어긋나 있었다.

억지로 눌러낸 힘만큼 항력을 받은 무언가가 반대로 솟구쳐 올랐다. 나는 척추를 곧게 펴고 나를 조롱하는 그에게 성큼 다가갔다. 그리고 말도 안 되는 영어와 한국어를 섞어 내뱉었다. 평생 입을 닫고 살다 이제야 말문이 트인 사람처럼 질러댔다.

"아 유 크레이지? 미쳤어? 너 미쳤냐고! 가만있는데 니가 와서 부닥쳐놓고 왜 지랄이야 지랄이!! 이 새끼야! 어디 X만 한 새끼가 싸가지 없이 바락바락 삿대질이야! 불알을 확 차버릴까 보다!!!"

내가 소리를 지르고 발로 차는 시늉을 하자 덩치는 중심을 사수하며 확 쪼그라들었다. 늙고 작은 동양 여자의 반격에 그는 콧구멍을 벌렁거리며 당황했다. 반면 나는 속이 후련했다. 목에 가로로 박혔던 가시가 통 하고 빠진 듯했다. 지난 20년간 살아오며 고비가 닥칠 때마다 애써 억눌렀던 감정들이 탄성을 받아 튕겨 나간 느낌이었다. 나는 그 기세를 몰아 멈추지 않고 이 한 방이 마치 내 인생 최후의 반격이라도 되는 양 붉은 얼굴의 남자를 향해 으르렁거렸다. 내 반격에 움찔한 그는 얼굴이 터질 듯 붉그락푸르락해지며 몸을 부풀리고 손을 치켜올렸다. 나는 그제야 가로등 불빛에 비친 그의 그림자와 내 그림자의 면적 차이를 가늠해보았고, 아차 싶어 무릎에 힘이 빠졌다.

"Arrêtez(멈춰)!"

그의 그림자가 내 몸을 덮치는 순간 누군가 남자를 막아섰다. 베레모 여인이, 아니 과거의 내가 나를 대신해 남자와 맞서고 있었다. 나는 과거의 나에게 손을 뻗었다. 그녀의 가느다란 팔뚝이 손아귀에 잡혔다. 그때 사이렌 소리가 들려왔다. 다가오는 경찰차의 강렬한 불빛에 눈앞이 흐려지며 그녀가, 아니 과거의 내가 흩어졌다. 사라진 그녀를 찾아 황망히 두리번거렸지만, 알 수 없는 꼬부라진 불어들과 차바퀴 소리와 바람 소리만이 유령의 수다처럼 들려올 뿐이었다.

"이래서 104동 여잘 끼워주는 게 아니라니깐."

조금 전 기세는 온데간데없이 구석에 찌그러져 있다가, 한국말이 들려오는 쪽으로 얼굴을 들었다. 105동 여자 너덧과 가이드가 나를 둘러싸고 기가 차다는 듯 바라보고 있었다.

"참 대단도 하셔라. 이 좋은 파리에 와서 어디 갈 데가 없어서 경찰서에 다 온대?"

경찰차 소리에 그 길로 붉은 얼굴의 남자는 줄행랑을 쳤다. 나는 그대로 주저앉았고, 괜찮으냐는 경찰의 말에 대답 대신

엉엉 울어젖혔다. 그 뒤로 정신을 차려보니 경찰서였다. 그사이 일행은 내가 사라진 걸 알고 여기저기 찾으러 다녔고, 어찌어찌 연락이 닿아 멋쩍은 재회를 하게 된 것이다.

가이드가 내 핸드폰 보상을 위해 여행자 보험 처리용 서류를 받으러 간 사이, 나는 105동 여자들에게 포위되듯 둘러싸여 경찰서 문을 나왔다. 가출했다 하룻밤 만에 잡힌 10대처럼 기죽은 내게, 일동은 별다른 말을 얹지 않았다.

"……미안해요."

내 말에 여자들이 입을 삐죽였다.

"하여튼 유난도 유난도."

경찰서를 나서니 이미 차가 끊긴 시간이었다. 택시를 타자는 가이드 말에 반장이 언제 파리의 밤거리를 산책하겠냐며 걸어가자고 제안했다. 그 말에 모두 끄덕였고, 우리는 다 같이 파리의 밤거리를 걷기 시작했다. 콩코드 광장을 지나, 공원을 거쳐 다시 개선문을 바라보며 샹젤리제 거리를 걸었다.

"꼭 수학여행 와서 밤에 몰래 놀러 나온 거 같네."

"자기 좀 놀았나 봐?"

1401호 여자의 말에 505호 여자가 받아치자, 모두 여고생들처럼 깔깔 웃었다. 예상치 못한 돌발 상황에 내내 표정이 굳어 있던 가이드도 경찰서를 나오자 한시름 놓았는지 미간이 풀어졌다. 나는 미안한 마음에 그와 눈을 마주치지 못했다. 그런 내 마음을 읽었는지 가이드가 고맙게도 대화를 이끌었다. 자신은 음악 하러 유학을 왔는데 현실이 탐탁지 않아 가이드 일을 하고 있다며 자조적으로 웃었다. 우리는 출가한 아들을 보듯 가이드에게 잘될 거라며 어깨를 토닥였다. 순간 그의 얼굴 위로 소년의 미소가 떴다.

말이 나오자 너나 할 것 없이 옛이야기를 두런두런 나누었다. 1102호 여자는 어릴 적 스튜어디스가 꿈이었다고 했다. 비행기 타고 전 세계를 여행할 줄 알았는데, 애들 키우느라 이제사 비행기를 처음 타봤다 한탄했다. 1401호 여자는 발레리나가 장래 희망이었어서 다음에는 러시아에 가보고 싶다고 했다. 505호 여자는 가수 지망생이었다며 샹젤리제 노래를 흥얼거리기 시작했다. 우리는 가사를 몰라 듣고만 있다가 '오, 샹젤리제' 부분에서만 목소리를 높였다. 그게 우스워 또 깔깔댔다.

"자기 때문에 밤 산책하고 좋네. 파리는 밤이 더 이쁜 거 같애, 그지? 개똥도 안 보이고."

반장이 어깨를 가볍게 툭 쳤다. 505호 여자가 팔짱을 껴왔다. 711호 여자는 스카프를 벗어 내 목에 둘러주었다. 쑥스러워서인지 따뜻해서인지 목부터 화끈 달아올랐다.

마지막 날 오전에 자유 시간이 주어졌다. 105동 여자들은 두셋씩 짝을 지어 선물을 사러 가거나 점찍어둔 레스토랑을 향해 뿔뿔이 흩어졌다. 나는 여행 전부터 꼭 가보고 싶었던 골동품 시장에 들르기로 했다. 혼자 더듬더듬 지하철을 타고 시내 중심부에서 조금 떨어진 시장에 도착했다. 나름 서둘렀는데도, 시장은 이미 상인과 손님으로 북적였다. 천천히 둘러보며 가족에게 줄 선물을 골랐다.

남편을 위해 돋보기와 나침반이 달린 열쇠 고리 시계를, 아들을 위해 오래된 퍼즐을 구입했다. 내 선물로 1유로짜리 커피 잔도 하나 샀다. 돌아서려는 찰나, 그 책을 보았다. 보라색 책. 놀라는 마음도 잠시, 반가웠다. 등산 내내 간간이 서로 스쳐 지나갔던 누군가를 정상에서 다시 만난 기분이었다. 물끄러미 책을 바라보고 있자 카우보이모자를 쓴 백발의 주인이 두툼한 샌드위치를 먹다가 물어왔다.

"두 유 원트 바이 디스? 온리 쓰리 유로."

나는 망설임 없이 3유로를 주고 책을 받았다. 가슴이 두근거려 바로 열어볼 수가 없었다. 책을 쥔 손부터 시작해 온몸에 전율이 일었다. 책을 소중히 품에 안고 작은 트럭을 개조한 노상 카페에서 커피 한 잔을 시키고 자리를 잡았다. 커피를 두어 모금 마신 뒤 드디어 책을 열어보았다.

보라색 천으로 감싼 표지를 넘기자, 분홍색 면지가 나왔다. 면지는 물이 닿았는지 얼룩이 노랗게 번져 있었다. 다음 장을 넘겨보았다. 아무것도 없는 빈 종이였다. 하지만 뒷장에는 영문 소설이 인쇄되어 있었다. 그다음 장을 넘기자 또 빈 종이만 나왔다. 그러나 그 뒷면에는 고갱의 타히티 풍경화 반쪽이 들어 있었다. 그다음 장을 넘기자 역시 앞면은 빈 면이고 뒷면에는 무언가가 적혀 있었다. 백석의 시였다. 나는 뜻밖에 만난 한글에 놀랐다. 그리고 천천히 백석의 「여승」을 읽어 내려갔다. 그 시절 여인의 기구한 삶에 이입되어 외우고 외웠던 가장 아끼는 시였다. 그렇게 시를 두어 번 읽어 내려간 뒤에야 이 책이 무엇인지 깨달았다.

인쇄소에 다닐 때 폐지를 모아 만들었던, 나의 스케치북이었다.

그동안 왜 알아보지 못했을까. 스스로도 이해가 가지 않을 만큼 책에는 구석구석 내 손때가 묻어 있었다. 버리려던 보라색 테이블보를 잘라 표지로 쓴 것도, 남은 실을 직접 꼬아 만든 책 가름끈도 기억이 났다. 자수로 새긴 S. J도 내 이름의 영문 약자임을 이제야 알아챘다. 하지만 이 스케치북이 어떻게 파리에 있는지, 그리고 왜 여행 내내 따라다녔는지는 알 수 없었다. 아무리 고민한들 상식적으로 이해가 되지 않을 거라는 걸 깨달았다. 나는 책의 정체를 추적하기를 멈추고, 남은 커피를 마시며 그저 페이지를 천천히 넘겼다. 마지막 장을 다 넘긴 뒤에는 식은 국 위에 뜬 기름막을 국자로 떠낸 듯 마음이 담백해졌다.

자유 시간을 끝낸 일행이 에펠탑 앞 공원에서 다 함께 모였다. 샌드위치를 사서 피크닉을 즐기며 파리에서의 마지막 햇살을 만끽했다. 모두들 소녀처럼 신이 나 사진을 찍고 웃고 떠들었다. 나는 스케치북을 꺼내 105동 여자들의 모습을 에펠탑을 배경으로 그리기 시작했다. 1102호 여자가 아닌 스튜어디스 한혜숙을, 505호 여자가 아닌 가수 신명숙을, 1401호 여자가 아닌 발레리나 유망주 정희덕을 그렸다.

완성된 그림 위에 "MERCI"라고 써서 비행기를 타기 전에 선물했다. 내 그림을 받고 모두들 양 볼이 발그스레해졌다.

서핑 보호 구역

포르투갈 에리세이라

밤이면 샘이 소년이 된다고? 그게 뭔 소리야? 샘이라면 게스트 하우스 주인이잖아. 칠십 먹은 할아버지라고……. 그러니깐 네 말은 칠십 먹은 노인 샘이, 밤에 파도를 타면 소년의 모습으로 돌아간다는 거지? 그게 여기 전설이고? 실제로 본 사람 있음 나와보라고 해. 그런 얘기는 늘 진짜 본 사람은 하나 없고 누가 봤더라, 누구의 누가 봤더라, 죄다 그런 식이잖아. 그런 말을 믿니? 그렇게 안 봤는데 너 순진한 면이 있네. 아니, 그러니까 넌 샘이 소년이 되는 걸 보려고 여기 묵고 있다는 거지? 어라, 진심인가 보네. 네 말을 못 믿겠다는 게 아니라……. 야, 그걸 어떻게 믿냐. 거짓말.

유튜브에서 처음 봤어. 검진 결과 기다리는 진료실 앞 의자에서. 그날이 수술받고 꼬박 1년 되는 날이었을 거야. 수술 후 경과를 보러 가는 거라 긴장한 데다가 그날따라 대기 줄이 얼마나 길던지. 암튼 대기하는 동안 핸드폰으로 유튜브를 보다가 우연히 포르투갈에서 서핑하는 영상을 재생했어. 서퍼가 파도 넘는 걸 구경하기 위해 절벽에 사람들이 모여 있더라고. 세계 서퍼 순위 1위였나, 2위였나. 암튼 엄청 유명한 서퍼였나 봐.

숨죽인 사람들 시선 속에서, 파도가 밀려오자 그가 중심을 잡기 시작해. 구경꾼들이 서 있던 절벽만 한 파도였어. 꼭 지구의 뱃가죽이 울렁울렁거리는 느낌. 잘 보이지도 않을 만큼 자그마한 남자가 그 거대한 파도 끝에 서 있어. 마치 지구 모서리를 타고 있는 것같이. 순간 대기실 입구에서 파도가 밀려왔어. 그 파도는 어느새 내가 앉아 있던 복도 안으로 들이닥쳤고, 주위 사람들이 그 파도에 죄다 실려 나갔지.

환상이 지나가고 포르투갈에 가야겠다고 마음먹었어. 그냥 파도 위에 서 있는 그 사람이 부러웠어. 아, 나도 파도를 타야겠다. 지구의 모서리를 타야겠다. 그런 생각이 밀어닥친 파도처럼 차올랐거든. 영상 밑 댓글로 포르투갈에 가면 서퍼들을 위한 서핑 보호 구역(World Surfing Reserve)이 있다는 걸 알았지. 때마침 호명되어서 진료실로 들어갔고, 검사 결과 아직까진 부작용이나 재발 없이 양호한 상태라는 소릴 들었어. 나오는 길에 곧장 포르투갈로 가는 비행기를 검색했지.

서핑해본 적 있었냐고? 전혀. 난 수영도 못했어. 아무리 내가 내일 없이 산다 해도 바로 포르투갈로 갈 수는 없잖아? 서핑을 해보려면 일단 물에는 떠야 하니까 수영부터 배웠지. 동네 체육관에서 종일 살다시피 하면서 수영을 배우고는 한국의 양양이란 곳에 갔어. 바닷가인데 거기 가면 서핑 가르쳐주는 곳이 많다더라고. 양양에서 한 두어 달 지냈나? 친구가 거기서 수제 햄버거집을 하거든. 설거지나 서빙 같은 거 도와주면서 눌어붙어 있었어.

보드 들고 옮기는 법부터 차근차근 배웠지. 일 가기 전에 물에 들어갔다가 또 브레이크타임에 잠깐 들어갔다가. 그렇게 매일같이 하다 보니 나중에는 제법 폼이 잡히더라. 나는 내가 운동신경이 꽝인 줄 알았거든? 웬걸, 물에서는 꽤 날쌔더라고.

아무튼 그렇게 3개월쯤 지내다 포르투갈에 온 거야. 리스본에 도착했을 때는 햇살에 진짜 놀랐어. 눈이 부시다 못해 아릴 정도였거든. 바로 보고 있으면 눈이 멀어버릴 것 같더라. 한국에는 요즘 미세 먼지 때문에 난리야. 파란 하늘 본 지가 언제인지 모르겠다니까. 숨도 제대로 못 쉬는 곳에 있다가, CG 같은 파란 하늘을 보니까 억울했어. 이런 파란 하늘이 당연한 건데, 괜히 포르투갈 사람들이 얄밉더라.

아, 너한테 내 직업이 포토그래퍼라고 얘기했었나? 프로필 사진이든, 가족사진이든, 일단 들어오는 일은 마다하지 않는 편이지만 주로 웨딩 사진을 많이 찍었어. 인생에서 가장 찬란한 순간을 담는 일이 좋았거든. 아픈 뒤로는 사진 일은 죽 쉬고 있긴 하지만⋯⋯. 그래도 그렇게 아름다운 풍경을 보고 있으면 절로 직업 정신이 샘솟아. 아, 여기 골목길 꺾어지는 쪽 뷰가 딱인데, 이 빛이면 따로 후보정도 필요 없겠다, 이런 식으로 말이야. 그런 풍경들을 흘려보내기가 너무 아까워서 좋은 카메라 한 대쯤 챙겨 올걸, 뒤늦게 후회가 들더라. 서핑 용품 가져오느라 짐이 너무 많았거든.

뭐, 그렇게 도착해서는 한동안 아무것도 안 했어. 그냥 멍하니 햇볕 쬐고 카페에 앉아 커피 마시고. 그러고만 있어도 좋더라. 여기는 커피 값이 싸서 좋아. 2유로면 한 잔 마시고 가끔 1유로짜리도 있잖아. 한국은 커피가 진짜 비싸거든. 한 잔에 막 4유로, 5유로가 넘어. 생각해보면 한국은 뭐든 비싼 것 같아. 어유, 여기 있으니 한국서 어떻게 먹고살았나 몰라.

아, 에그타르트. 먹었지. 한국에도 있지만 달아서 하나 먹으면 물렸거든. 그 생각에 줄을 서서 20분을 기다리고도 딱 두 개만 샀는데, 먹자마자 사람들이 왜 한 세트씩 사서 가는지 단박에 이해되는 거 있지? 정말 맛있더라. 그 긴 줄을 다시 서서 기어코 한 세트를 또 샀지. 그러고는 나 혼자 다 먹었지 뭐야. 여기 와서 3킬로는 찐 거 같아. 이 옆구리 살 이거, 원래 없던 거야. 진짜.

리스본 시내를 한 바퀴 도는 그 유명한 트램 28번, 알지? 그 트램을 타고 노상 시내를 돌았어. 한국에서는 못 보는 거라, 놀이 기구를 타는 느낌이야. 생긴 깃도 빈티지하고 로맨틱하잖아. 꼭 크리스마스 쿠키가 담긴 선물 상자처럼 생겼어. 하지만 나처럼 얼빠진 관광객들한테는 좀 위험하기도 해. 어떤 날엔 트램에서 소매치기를 당하는 바람에 돌아오는 차비가 없어 걸어온 적도 있어. 검은 재킷에 목에 문신 있는 여자, 조심해.

아, 너 「리스본행 야간열차」란 영화 봤니? 나는 여기 와서야 봤거든? 하루는 배탈이 나서 숙소에 누워 핸드폰으로 봤어. 생각보다 지루하기는 했지만, 그래도 영화 속 리스본 풍경이 너무 아름답더라. 영화 속 풍경에 내가 섞여 있다 생각하면 괜히 더 감상적이 되기도 하고. 아무튼 안 봤으면 꼭 한번 봐봐.

리스본에서 일주일 정도 있다가 포르투로 올라갔어. 서핑 보호 구역에 가기 전에 관광도 하고, 적응할 시간이 필요했거든. 포르투에 꼭 가보고 싶은 서점이 있었어. 영화 해리 포터 시리즈 알지? 못 봤다고? 해리 포터를? 넌 진짜 영화 별로 안 좋아하는구나. 아무튼 그 해리 포터 배경이었던 서점이래. 거기서 서핑에 관한 책도 한 권 샀지. 관광객이 엄청 많아서 정작 책은 제대로 못 보겠더라. 오죽하면 입장료까지 받더라니까. 그래도 책은 안 사고 구경만 하고 가는 관광객들이 90프로는 넘어 보이니, 서점 입장에서는 나름 합리적인 방법 같기도 하고.

그리고 집마다 줄무늬가 그려져 있어 줄무늬 마을이라고 불리는 코스타 노바에도 갔어. 내 옷 중 절반이 스트라이프 패턴이야. 줄무늬 진짜 좋아하거든. 가서 뭐 했냐고? 뭐 하긴, 셀카 찍었지. 인생 사진도 건지고. 볼래? 줄무늬 옷에 줄무늬 배경이니 좀 웃기지, 그래도 마음에 들어. SNS 프로필 이거로 다 바꿨어. 너무 과한가? 사실 인터넷에서 보던 거에 비해 실제 풍경은 그닥 감흥이 없었지만, 관광지가 다 그렇지 뭐.

바다가 보이는 해변 카페에 앉아 멍하니 시간을 흘리다 보면 이런 곳에 살면 좋을까, 행복할까, 그런 생각을 해. 넌 어때? 포르투갈에서 계속 살라고 하면 좋을 것 같아? 여행이 아닌 현실이 되면 또 달라지겠지. 반짝반짝하던 것들은 찰나고 구질구질한 일상들이 이어지겠지. 그런데 어차피 구질구질한 건 한국이나 여기나 똑같다면 이왕이면 이런 하늘과 바다를 매일같이 볼 수 있는 게 더 좋지 않을까?

게다가 포르투갈에선 신선한 해산물을 언제든지 싸게 먹을 수 있으니까. 난 완전 해산물 마니아거든. 마트 갔다가 손바닥만 한 새우들이 막 쌓여 있는 거 보고 여기가 천국이구나 싶었다니까. 해산물로 하루 세 끼를 먹으라 해도 좋아. 생으로도 먹고 쪄도 먹고 구워도 먹고. 아, 갑자기 배고프다.

더군다나 포르투갈은 집값도 무지 싸잖아. 지역에 따라 다르겠지만 외각지에선 2억이면 수영장 딸린 주택을 살 수 있대. 한국은 어유, 말도 못해. 내가 버는 돈을 한 푼도 안 쓰고 평생 저축해도 집 하나 장만할 수 있을까 말까야. 아, 그거 들었어? 여기 황금 이민 제도란 게 있거든. 일정 금액 이상 부동산을 사면 영주권을 주는 제도야. 돈 있냐고? 당연히 없지. 그런데 가족 3대까지 돈을 모아서 와도 된대. 괜찮지 않아? 진지하게 부모님 꼬셔보려고 했다니까.

여기서 엄마 아빠는 한식당 하고 나랑 언니는 게스트 하우스 하고. 그리고 숙박객이나 관광객 상대로 스냅사진을 찍는 거야. 아니면 현지인들 웨딩 사진을 찍어도 좋겠다. 물가가 싸니까 한 달에 200만 원이면 우리 가족 먹고살지 않으려나? 어, 나 진지해. 농담 아니야. 한국에서 아득바득 사느니 여기서 그렇게 사는 것도 나쁘지 않을 것 같아. 뭐라고? EU 시민권자? 영주권 필요 없어서 좋겠다. 아, 맞아. 너 외국인이었지.

내가 깜박했다. 그래, 좋겠네. 쳇. 이래서 내가 양놈들이랑은 말이 안 통한다니까. 아니야, 아무 말도 안 했어.

포르투갈에 도착한 지 2주쯤 됐을까. 드디어 서핑 보호 구역이 있는 에리세이라로 왔어. 가슴이 두근두근 뛰더라. 게스트 하우스 샘즈홈은 워낙 유명해서 일찌감치 예약을 해뒀어. 보통 빨리 마감된다는 얘길 들었거든. 잠자리는 물론 식사도 제공하고 서핑까지 가르쳐주니, 서퍼들에게는 천국이 따로 없지. 그런데 도착해서 짐 풀고 방 배정받는데 깜짝 놀랐어. 남녀 같은 방이라니…….

외국 도미토리 얘기를 듣기는 했는데, 실제로 웃통 훌렁 벗은 낯선 남자들이 벌러덩 누워 있는 걸 보니, 좀 겁나긴 하더라. 그래도 기 싸움에서 지면 안 되니까 아무렇지 않은 척 나도 침대에 벌렁 누웠지. 맞아. 네가 제일 처음 인사해줬어. 야, 침대 위에서 거꾸로 내려다보는 바람에 심장 멎는 줄 알았잖아. 머리도 치렁치렁 길어서 처음엔 여자라고 오해했었어. 아무튼 그때 네가 말 걸어주고, 사람들과 인사도 시켜주고. 덕분에 적응 잘했지. 알아, 고맙다고 하려던 참이야. 생색 좀 그만 내.

너도 알다시피 여기 생활은 단순하잖아. 일어나서 아침 먹고 바다로 가. 바다에서 파도 타다가 점심 먹고 낮잠 자고 또 바다로 가. 더 이상 파도를 못 탈 만큼 어두울 때면 집으로 돌아와. 그러고는 다 같이 바비큐 파티를 하지. 누가 먼저랄 것도 없이 아무 데나 쓰러져서 자고. 생활이 단순해져서 좋은 건 잡생각이 안 든다는 거야. 움직이고 먹고 배설하고 피곤에 절어 언제 누웠는지도 모르게 곯아떨어지고. 한국에서는 불면증이 심했거든. 수술받고 난 뒤로는 아파서도 못 자고 약기운 때문에도 잘 못 잤어. 생체 리듬이 엉망진창이 돼버려서 한동안 고생 좀 했지. 몸이 좀 낫고부터는 이런저런 걱정 때문에 못 잤고. 무슨 걱정이 그렇게 많았냐고? 이것저것…….됐어. 우울한 얘길 해서 뭐 해.

아무튼 동물은 원래 단순하게 사는 게 본능이잖아? 먹고 자고 먹고 자고 거기에만 충실한 거야. 여기서는 내가 정말 동물 같다는 생각을 했어. '파도를 탄다'는 목표에 충실한 동물. 파도를 타기 위해 먹고 파도를 타기 위해 자고. 그래서인지 여기 있는 사람들은 죄다 동물을 닮았어. 저 사람은 고양이, 저 사람은 개, 저 사람은 침팬지, 저 사람은 호랑이. 넌 뭘 닮았냐고? 글쎄, 오리너구리?

그건 그렇고 샘이 그러던데 내일 파도타기에 좋은 날씨일 거래. 씨알이 굵은 파도가 제법 있을 거라고. 맞아. 일기예보에서는 비가 온댔지. 하지만 샘이 확고한 표정으로 날씨가 좋을 거라니까 왠지 진짜 그럴 것 같아. 그럼 내일 드디어 제대로 된 파도를 탈 수 있을까? 아직까지는 성에 안 차서 꼭 귀를 파다 만 느낌이었거든.

그래, 조심하지 않은 내 탓이다. 너무 속상하다……. 서핑 보호 구역에 온 지 4일 만에 다치다니, 인정해. 마음이 급했어. 급할수록 돌아가야 했는데……. 샘의 예언대로 날씨가 너무 좋았고 침이 꼴깍 넘어갈 만큼 탐나는 파도들이 끊임없이 몰려왔고. 이때다 싶어 얼른 타고 싶은 마음에 설치다가 발목을 잘못 꺾은 거야. 발목 인대가 늘어났으니 한동안은 탈 수 없겠지. 슬프다.

다친 후로는 종일 바다만 봐. 파도 타는 사람들을 바라보고, 밥을 먹고 낮잠 자고, 일어나면 다시 파도 타는 사람들을 보는 거야. 뭔가 별의 움직임을 쫓는 느낌이야. 예전에 잠깐 별 사진 찍는 알바를 했었거든. 사촌 언니가 중학교 선생님인데, 언니가 맡은 우주과학부 캠프에 가서 애들한테 별 사진 찍는 걸 가르쳐주는 일이었어. 꼭 그날 밤하늘에 박혀 있던 별처럼, 바다에 서퍼들이 흩뿌려져 있어. 저 사람은 어느 파도를 탈까. 저 여자는 어디로 빠져나갈까. 어, 저 남자 이 파도가 아닌 저 파도를 타네? 쟤는 물 엄청 먹었겠다. 낄낄거리다가 환호도 질렀다가 그러다가 문득 파시시 가라앉지.

나는 언제쯤 저 별 무리에 섞일 수 있을까. 알아, 이럴수록 초조해하면 안 된다는 걸. 하지만 날씨가 좋을수록 파도가 높을수록 또 서퍼들이 많이 몰려올수록 불안해져. 웃기지. 바다 자리를 선착순으로 맡는 것도 아니고, 파도 개수가 정해져 있는 것도 아닌데 말이야. 어차피 내가 파도를 타든 안 타든 아무도 상관없겠지만…….

그래도 꼭 기한 내에 이뤄내야 하는 미션처럼 안달이 나. 맞아. 네 말대로 뭐든 경쟁적으로 덤비는 아시안의 특징일 수도 있지. 하지만 그런 소릴 나라에서 용돈 받고 놀러 다니는 너한테 듣고 싶지 않거든?

심심하니까 샘 이야기나 해볼까. 샘은 허풍이 심하지. 그래, 너보다 더 그래. 샘은 여기서만 30년을 살았대. 물밥을 30년이나 먹은 거야. 그래서 그런지 샘의 피부를 보면 꼭 생선 비늘 같지 않아? 촘촘하게 갈라져 주름진 피부에 늘 물기를 머금고 있어. 겨드랑이 안쪽에 지느러미가 나 있을 것만 같다니까. 으, 상상하니까 징그럽다.

샘이 타는 보드는 낡아서 핀이 자꾸 빠진대. 덜렁거리는 핀을 비닐 테이프로 보드에 둘둘 감아둔 거, 너도 봤지? 진짜 웃겼어. 사실 허리가 구부정한 할아버지인데 바다에서는 날아다니잖아. 파도 위에서 보드를 잡고 설 때는 꼭 무술 하는 것 같다니까. 응, 그야말로 샘은 전설적인 존재야. 거기다가 엄청난 술꾼에 아, 음식 솜씨는 또 어떻고. 샘이 만든 밥 먹으려고 게스트 하우스에 오는 사람도 많잖아. 너도 조심해. 정신 놓고 먹다 보면 큰일 나. 새로 산 서핑 슈트가 허벅지에 꽉 끼고 나서야 아차 했다니까.

샘이 새벽마다 파도를 타러 나간다고? 또 그 얘기야? 새벽에 샘이 파도를 탈 때 소년이 된다 는 걸 아직도 믿는 거야? 뭐, 너무 신나서 소년처럼 순간적으로 활기를 띨 수도 있겠지.

소년처럼 보이는 게 아니라, 정말 소년으로 변하는 거라고? 알겠어, 알겠다. 그렇다고 하자. 말 그대로 도시 전설, 아니 서핑 보호 구역의 전설이네. 소년으로 변한 샘을 본 사람은 그때부터 파도를 잘 타게 된다라…….

나도 볼 수 있을까. 할아버지 샘이 소년이 되는 모습을?

리스본에는 잘 다녀왔어? 붙어 있을 때는 성가셨는데 막상 네가 없으니까 주변이 너무 조용하더라. 우쭐대진 마. 시답잖은 농담할 사람 없어서 따분했을 뿐이니까. 나는 뭐 그냥 잘 지냈지. 발목은 많이 좋아졌어. 바다에는…… 실은, 매일 발만 적시고 나왔어.

사실 파도를 잘 못 타겠어. 다치고 나니까 겁이 나서. 한번 겁이 나기 시작하니까 물에 들어가는 것도 무서워졌어. '두려움'이 생긴 거야. 포르투갈까지 왔는데 제대로 파도 한번 타보지도 못할 거라는 불안감이 더해져서 자괴감도 밀려왔지. 파도처럼 끝도 없이 부정적인 생각들이 밀려왔어.

한국에서는 '인생의 파도'라는 표현을 써. 인생의 파도. 너네 나라에도 그런 말이 있어? 아무튼 나는 좋은 일이 있을 때는 오히려 더 불안해져. 나만 그런가? 바다가 잠잠할 때 그 뒤에 내가 넘지 못할 만큼의 큰 파도가 기다리고 있는 거 아닐까 하고……. 꼭 태풍의 눈 속에 있는 것처럼 말이야. 그런 생각하면 무서워져. 때로는 넘지 않고 그냥 휩쓸리면 편해. 파도에 맞설 생각을 하는 사람은 정말 용감한 거야. 난 겁쟁이거든. 그래서 파도에 휩쓸리는 쪽이 마음 편해. 사실 에리세이라에 와서 매일 집채만 한 파도를 보면서 내가 과연 저걸 넘을 수 있을까 겁이 났어.

내가 제일 잘하는 게 있어. 뭐냐고? 도망치기.

집에 가고 싶어졌어. 포르투갈에 온 지 3주가 넘도록 파도 한번 제대로 못 타고 있으니 그냥 돌아가고 싶어. 포기의 미학. 잘 포기하는 것도 재주라고. 난 그다지 도전적이거나 진취적이지 못해. 샘의 게스트 하우스에서 낯선 사람들과 매일같이 생활하고 밤마다 파티에 어울리는 것도 굉장한 스트레스였어. 여러 사람들과 사귀고 즐기는, 자유로움에 대한 동경만 있었을 뿐. 내내 쭈뼛거렸던 거, 네가 제일 잘 알잖아? 그 속에 내가 끼어 있다는, 단지 그 사실에 만족하고 싶었던 것도 같고.

예전에는 이렇지 않았는데, 생각해보면 사람들 만나는 것도 좋아하고 좀 더 밝고 긍정적이었던 것 같은데…… 확실히 아프고부터는 움츠러들었어. 아니, 아니. 지금은 괜찮아. 그래도 크게 한번 아프고 난 뒤에는 무슨 일을 시작할 때마다 두렵고 무서워진 게 사실이야. 삶이니 죽음이니, 그런 내 의지나 노력으로 극복할 수 없는 거대한 힘에 휘둘리고 난 후로는, 내가 할 수 있는 게 과연 뭐가 있나, 신의 섭리나 우주의 순환 앞에서 내 의지나 노력은 그저 파리의 날갯짓 정도가 아닐까, 그런 생각을 하면 마냥 허무해지지.

맞아. 여기 와서 파도를 타겠다고 결심한 것도 두렵고 허무한 마음을 이기기 위해서였어. 도전이란 말 멋지잖아. 죽을 고비를 넘기고 난 후 새로운 일에 도전해서 결국 병마를 극복한다! 얼마나 멋져. 물론 다들 힘들 거라고 했던 큰 수술을 받고 살아남은 뒤로는 하루하루가 그야말로 선물 같았지. 온몸이 비타민으로 가득 차 있는 것처럼 의욕이 넘쳤으니까. 남은 생은 덤으로 받은 보너스라는 생각에 감사했고, 내 두 발로 그토록 오고 싶었던 포르투갈에 왔다는 사실에 순간순간이 기적 같았지.

하지만 요즘도 난 매일 밤 악몽을 꿔. 병이 재발하는 꿈. 기나긴 치료 과정을 되풀이하는 꿈. 간신히 발버둥 쳐서 악몽에서 깨어나면 다시 수술대에 누워 있고, 깨어나면 다시 병실에 누워 있고 그렇게 끝없이 반복되는 거야. 그런 꿈을 꾸고 나면 밥숟가락 들 의지도 없어져. 어쩔 때는 차라리 이 모든 악몽이 빨리 끝나기만을, 그래서 적막과 고요만 남기만을 바라게 돼. 건강한 너는 이해 못 하겠지만 병은 그렇게 모든 걸 무기력하게 만들어. 종일 공들여 쌓은 모래성이 파도에 무너지는 것처럼 말이야.

그런 생각하지 않으려고 하지만 그래도 곧잘 의심이 들어. 어쩌면 인생을 노력이나 의지로 바꿀 수 있다는 소망 자체가 허상이 아닐까. 새벽에 나타난다는 소년 샘처럼, 믿고 싶지만 실재하지 않는 허상.

나는 과연 내 운명의 파도 위에 바로 설 수 있을까.

또다시 무력하게 파도에 휩쓸려버리지는 않을까.

잘 모르겠어 ……

그냥 집에 가고 싶어졌어. 머리 아프다, 오늘은 그만 얘기하자.

잘 들어. 나 안 미쳤어. 아직 글씨를 쓸 수 있고, 구구단도 외울 수 있어. 엄마, 아빠, 언니 전화번호도 기억해. 그러니까 지금부터 내가 하는 말이 헛소리가 아니란 얘기야.

그날 밤 샘을 봤어. 소년 샘을 본 거야. 정말이야.

노트북으로 무서운 영화를 보고는 잠이 안 와서 산책을 하려고 나왔어. 한 3시 넘어서? 널 깨울까 하다가 하도 곤히 자길래 혼자 나갔어. 보통 때라면 그런 짓 안 하지. 여자 혼자, 외국에서, 그것도 밤바다를 걷는 건 정말 위험하잖아. 그런데 그날 밤에는 왠지 나가지 않으면 안 될 것 같더라. 누가 아주 작은 목소리로 나를 부르는 느낌이었거든.

잠옷 바람 그대로 홀린 듯 해변을 걸었어. 어둠에 바로 앞도 안 보였지. 그때 인기척이 들린 거야. 멀리서 하얗고 작은 소년이 키를 훌쩍 넘는 보드를 들고 바다로 뛰어가고 있었어. 잠이 덜 깼나 싶어 눈을 몇 번이고 비볐지. 가만 보니 샘이더라. 그래, 맞아. 샘 할아버지! 어떻게 샘인 줄 알았냐고? 특유의 빨간 머리에 삼각형 어깨, 그리고 팔뚝 위 문신! 그 요란하고 촌스러운, 단발머리 핀업 걸이 그려진 문신 말이야. 다 떠

나서 너도 봤으면 그 소년이 샘이라고 믿어 의심치 않았을 거야. 맞아, 분명 샘이었어. 하얗고 날렵한 몸매의 아이, 아니 샘은 곧장 파도로 뛰어들었어. 그리고 팔을 저어 까만 밤바다로 나아갔지. 샘은 한동안 물 위에 떠서 파도의 씨앗을 기다리고 있었어. 그리고 투우사처럼 잽싸게 파도의 등을 타고 오르는 거야. 샘은 잠시 비틀거리더니 가느다란 두 다리로 중심을 잡고 섰어. 어두운 밤바다에 보석처럼 하얗고 작은 아이가 반짝였어.

반짝

반짝

반짝

밤인데도 눈이 부셔서 바로 볼 수가 없더라. 내가 포르투갈에 처음 왔을 때 감동받았던 햇살 같았어. 바로 볼 수 없을 만큼 눈부신 햇살.

소년은 파도가 깨질 기미가 보이는지 몸을 낮췄어. 그리고 곧 파도의 팔꿈치 안으로 말려들었지. 아이가 시야에서 사라지고 나는 파도를 향해 해변을 달리기 시작했어. 달리고 달려 숨이 턱에 걸리는 순간, 수면 위로 노란 보드가 동동 떠오르는 거야. 소년은 어떻게 된 걸까? 파도가 샘을 삼켜버린 건 아닐까? 그런 생각을 하고 있는데 잠시 후 샘이 해변으로 걸어 나왔어.

소년? 아니. 할아버지 샘.

아침 식사 시간에, 다시 70대 노인이 된 샘을 뚫어져라 쳐다봤어. 샘은 눈이 마주치면 싱긋 웃거나 커피를 권할 뿐 평소와 다름없는 얼굴이었어. 아니, 모든 걸 다 알고 있다는 얼굴 같기도. '둘만의 비밀이니 아무에게도 말하지 말아'라고 속삭이는 것 같기도 했어.

그날 오후에 샘이 만들어준 샌드위치를 들고 바다에 나갔어. 다친 발목에 감았던 붕대를 풀고 말이야. 오랜만에 보드를 잡으니 엄청 무겁게 느껴지더라. 보드를 물에 먼저 밀어 보내고 바다에 몸을 담갔지. 날씨도 좋고, 파도의 씨앗도 영글고, 사람 수도 적당했어. 왠지 파도를 탈 수 있을 것만 같았어. 억지란 거 알지만, 네가 말한 전설처럼 난 소년 샘을 봤으니까, 기적을 봤으니까, 파도를 탈 수 있을 거라는 허무맹랑한 믿음이 생긴 거야.

손으로 패들링해서 앞으로 나아가며 한국에서의 생활을 떠올렸어. 가족들, 친구들, 동료들, 유년 시절, 학창 시절, 연애 시절. 병원에 처음 갔던 날, 수술받기 전날 밤, 병원에서 보낸 영겁 같던 시간들, 울며 내 손을 잡던 엄마, 내가 좋아하는 순두부를 들고 병문안 왔던 전 남친. 드디어 퇴원하던 날, 짐을 챙겨 병원을 나서던 그 길. 내 인생이 파노라마처럼 파도를 타고 밀려드는 느낌이었어. 밀려오는 나의 과거와 현재와 그리고 미래. 나는 그 속에서 휩쓸릴까 떠밀릴까, 아니면 타 넘을까. 그건 오로지 나의 선택이라 말할 수 있을까. 내 의지 하나로 결정되는 걸까. 나는 용기가 있는 존재일까. 그런 생각들이

넘실

넘실

넘실

한 겹 한 겹 쌓아 올리듯이 파도처럼 커지고 밀려오다가, 순간 깨달았지. 나는 지금 살아 있다고. 멀쩡히 숨을 쉬고, 이렇게 건강하게 살아서 이 생생하게 요동치는 파도를 마주하고 있다고. 두 발에 두 손목에 힘이 들어가고, 내 보드가 파도의 정수리에 닿고, 몸을 일으켜 중심을 잡자 머리 위로 파도의

갈퀴가 서고, 무릎에 힘을 주어 버티고 호흡을 잠근 후 모든 것을 맡겼어.

파도에게 나를

나에게 파도를.

개를 끼고

태국 방콕

Bangkok

개를 태국에 데려간다고 하니 다들 도깨비라도 본 눈을 했다. 대부분 헛소리하지 말라 했다. 다 방법이 있다 하니 개도 비행기를 탈 수 있냐고, 비행기 삯도 치르냐고 되물었다. 이미 두 달 전부터 준비했고, 피검사니 광견병 주사니 필요한 처치와 서류도 다 끝냈다고 받아쳤다. 그래도 반신반의하는 놈들이 있기에 요즘 세상이 어떤 세상인데 개 한 마리 비행기에 못 싣겠냐고, 많이들 데려간다고, 이민이다 유학이다 여행이다 뭐다, 다들 개랑 다니는 세상이라고 일장 연설을 했다. 나더러 드디어 노망이 났다며 개를 비행기 태울 돈 있으면 자기한테나 달라는 놈들한테는, 선물은 일절 기대 말라고 쏘아붙였다.

수속을 도와준 동물병원 간호사가 비행기 안에서 개가 짖거나 불안해할 수 있다며 아로마 오일을 권했다. 콧등이나 이마에 한 방울 묻혀주면 쉽게 잠든단다. 그건 또 어찌 구하냐고 물으니, 해외 직구란 걸 해야 한단다. 해외 직구가 뭐냐고 되묻는 내게 간호사는 손을 저으며 됐다고, 자기가 쓰던 게 있으니 주겠다고 했다. 받아도 될지 모르겠다 하면서도, 개가 낑낑댈까 겁이 나서 덥석 받아 왔다. 대신에 선물을 사 오겠다고 뭐가 좋겠냐 묻자, 망고를 말려 만든 과자를 사달래서 알겠다고, 한 박스 사 오겠다고 큰소리를 쳤다.

우리 개는 2킬로그램이 간신히 넘는 쪼끄마한 놈이라 다행히 비행기 안에 같이 탈 수 있었다. 그래도 정해진 규격에 맞는 이동장이 있어야 한대서, 그것도 새걸로 장만했다. 막상 내 여행 가방은 아내가 10년을 쓴, 바퀴 하나가 헛도는 고물인데 개 가방을 새로 산다니……. 찜찜했지만 뭐 어쩌겠는가, 그게 규칙이라는데. 아무튼 두어 달간 준비한 두툼한 서류 뭉치를 여권보다 더 중히 들고 어깨에는 개를 메고 그렇게 비행기를 탔다.

태국까지 여섯 시간 비행이었는데, 개나 나나 비행기가 처음인지라 둘 다 옴팡지게 긴장을 했다. 게다가 시간이 갈수록 개가 낑낑 짜는 소리를 내는 바람에 목덜미가 딱딱하게 굳었다. 누가 뭐라 하기 전에 앞뒤 사람들에게 미안하게 됐다고 굽실거렸는데, 마침 건너 좌석에 갓난아기가 빼액 하고 때를 맞춰 울어 내 개 소리가 묻혔다. 얼굴이 허옇게 질린 아기 엄마가 아기 어르는 걸 보며 나도 그 심정 안다고, 아기 엄마 고생 많다고 눈짓으로 응원을 보냈다.

징징거리는 게 통하지 않자 개가 가방 안에서 똥을 싸고 오줌을 싸재꼈다. 소리는 어찌 감춰도 냄새는 못 감출 것 같아 씻기러 화장실에 가려 하니, 화장실에 개는 못 데리고 간다 해서 주눅이 들어 도로 자리에 앉았다. 허겁지겁 물티슈를 꺼내 가방 안을 대충 닦고, 동물병원에서 얻어 온 아로마 오일을 가방 주위에 뿌렸다. 오일 덕분인지 개는 다행히 낑낑대는 걸 멈추고 잠들었다. 그 요란을 떠느라 기진맥진했지만, 혹시나 개가 깨서 날 찾을까 봐 비행 내내 뜬눈으로 버텼다.

공항에 도착해서는 더 긴장했다. 혹시라도 서류에 무슨 문제가 있다거나 개가 너무 늙고 병들었다고 통과가 안 되면 어쩌나 싶어 얼마나 걱정을 했던지. 출국 몇 주 전부터 공항에서 둘이 쫓겨나 간호사 줄 망고도 못 사고 돌아오는 개꿈을 꿔댔다.

걱정과 달리, 입국 절차는 이게 다인가 싶게 간단했고 오히려 개가 있으니 심사원들 표정이 누그러지며 같은 줄에 선 사람들보다 훨씬 수월하게 통과했다. 입국 심사를 마친 후 검역소에 가서 신고도 하고 세금도 내고, 그러고서야 공항 문을 나섰다. 개를 옆구리에 끼고 바퀴 하나가 헛도는 트렁크를 끌며 밖에 나오자 여름 나라 열기가 훅 치고 들어왔다. 어디로 가야 하나 싶어 배를 긁고 있으니, 예약해둔 리조트에서 나온 직원이 내 이름이 적힌 종이를 든 채 손을 흔드는 게 보였다. 옳다구나 싶어 냉큼 그리로 갔다.

리조트로 가는 차 안에서 방콕 거리 풍경이 눈에 들어왔는데, 꼭 우리나라 90년대 초 모습과 엇비슷했다. 리조트와 가까워질수록 도시 색은 옅어지고, 어릴 적 크던 시골 마을 풍경이 보였다. 옆구리에 낀 개가 아니었다면, 어느 틈엔가 죽어서 과거로 거슬러 올라간다고 착각할 뻔했다.

리조트에 도착해서는 짐을 어디다 둬야 할지, 신발은 신고

들어가도 되는 건지, 이런 으리으리한 곳에 늙은 개와 늙은 내가 있어도 되는 건지 몰라 허둥댔다. 그렇다고 당황한 티를 내면 그건 그대로 추태다 싶어 최대한 태연한 얼굴로 자그마한 체구의 직원을 따라갔다. 방에 도착해서는 구경하느라 정신이 팔려, 안내해준 직원을 그냥 보냈지 뭔가. 팁을 줘야 했는데 아차 싶었지만, 사흘 내내 있을 거니 얼굴 보면 그때 고마움을 표시하자 마음먹었다.

  방은 혼자 쓰기엔 민망할 정도로 넓었다. 침대 위에 수건이 코끼리 모양으로 접혀 있고 주위에 곰살맞게 장미 꽃잎이 뿌려져 있다. 간지러워서 누가 볼까 얼른 모자로 덮었다. 한참 이게 현실인가 꿈인가 넋을 놓고 있는데 개가 낑낑대는 소리에 정신이 들었다. 그제야 개를 이동 가방에서 꺼냈다. 개는 출발부터 도착까지 근 여덟 시간을 좁은 장 안에 갇혀 있어서 눈곱인지 눈물인지가 범벅이 되어 있었다. 침을 묻혀 눈곱을 떼어주니, 지를 이 고생을 시켰다고 원망하듯 주둥이로 손을 홱 쳐냈다. 그러고는 버둥대기에 내려놓으니 곧장 대리석바닥에 오줌을 갈기는 게 아닌가. 놀라서 휴지를 가져와 닦으며 개 뒤통수에 대고 쏘았다.

"이놈아, 여선 이러면 안 된다. 쫓겨난다, 이놈아."

개는 내 말을 들은 체 만 체하고, 몸을 부르르 털더니 방 안을 탐색하기 시작했다. 한쪽 다리가 온전치 못해 걸을 때마다 삐거덕거렸는데 바닥이 미끄러워 몇 걸음 걷다가 미끄덩 자빠지고 또 몇 걸음 걷다가 자빠지고를 반복했다. 저러다가 골반이라도 나가면 큰일이다 싶어 개를 품에 안았다.

그러고는 같이 방 안을 구경했다. 뻥 트인 원룸 형태에 침대와 식탁 겸 책상, 작은 냉장고가 있었다. 전면 유리창을 밀고 나가니 자그마한 수영장이, 그 옆에는 목재로 된 눕는 의자와 샤워 칸이 있었다. 여행사 직원 말대로 신혼여행객들이 많이 묵는 숙소라, 과연 젊은 사람 취향으로 야무지게도 꾸며놨다 싶었다.

아파트 반상회에서 단체로 불란서에 가자고 한 게 시초였다. 세상 뭘 해도 힘이 안 나고 축축 처지기만 하던 때라 거기라도 가볼까 싶어 이름을 올려놓았다. 그런데 막상 떠날 생각을 하니 개 맡길 데도 마땅찮고 뭣보다 남자는 나뿐이더라. 죄다 여편네들이라 괜히 내 돈 내고 눈칫밥만 먹을 것 같아 못 가겠다 했다. 그럼 그렇지, 내 주제에 뭔 여행인가 싶어 말아라 했는데, 어느 날 티브이에 개를 데리고 동남아 여행을 하는 젊은 처자가 나오는 게 아닌가. 그걸 보고 있으니 아내가 전에 방콕에 다녀오더니 너무 좋았다고, 꼭 다시 가고 싶다고 한 게 생각났다. 그럼 이참에 나도 개를 데리고 한번 나가볼까 싶어졌다. 그래서 이 사달이 난 거다.

첫 해외여행이라 티브이에 나온 처자처럼 혼자 하는 자유여행은 엄두가 안 났다. 그래서 패키지여행 상품을 먼저 알아봤다. 싸고 종류도 많지만 단, 개는 데려갈 수 없다 했다. 그러면 개를 데려갈 수 있는 상품으로 뭐가 있냐고 여행사 직원에게 물으니, 비행기랑 숙소를 함께 묶어 파는 호텔 패키지란 게 있다고 했다. 리조트 중에는 개 동반이 가능한 곳이 많고, 비행기에서 내리면 리조트 측에서 마중 나오고, 거기선 삼시 세끼 밥도 다 주는 데다 자체 여행 프로그램도 많아 혼자서도 잘 지낼 수 있을 거라 했다. 게다가 비수기라 잘만 고르면 가격도 그리 비싸지 않다고 덧붙였다. 과연 그 정도면 혼자서도 할 만하겠나 싶었다.

직원이 추천해준 리조트는 유독 싸서 뭔가 문제가 있지 않나 했는데, 바로 옆에 으리으리한 새 리조트가 들어서는 바람에 손님이 뚝 끊겨서 할인하는 거라 했다. 그런가 보다 하고 그 자리에서 계약금 조로 돈을 반절인가 내고 나왔다.

수영장 턱에 걸터앉아 발을 담가보았다. 볕이 워낙 뜨거워서 물이 미지근하지 않을까 했는데 생각보다 차서 놀랐다. 개를 옆에 내려놓으니 목이 말랐는지 바닥에 고인 물을 할짝할짝 마셨다. "이놈아, 더럽다. 고만 먹어라" 해도 흡짜흡짜 소리를 내며 정신없이 마시기에, 뭐 수돗물 받아다 썼겠지 싶어 내버려뒀다. 밖에 잠깐 있었는데도 이마에 땀이 숭숭 맺히고 겨드랑이가 함빡 젖었다. 개도 물을 한참 마시고도 더운지 혀를 내고 헥헥거렸다. 헥헥헥, 개가 숨을 끊어내는 소리와 똑똑똑, 어디서 물방울 떨어지는 소리를 들으며 볕을 받고 있다가, 타 죽겠다 싶어 일어났다.

"동남아는 동남아다. 그쟈?"

개를 안아 방으로 들어온 순간 딴 세상처럼 한기가 드는 게 이렇게 에어컨을 막 돌려도 되나 겁이 났다. 그래도 내가 낸 값에 포함되겠거니 싶어, 아예 배를 까고 땀을 말렸다.

본관 라운지에는 리조트에서 운영하는 투어 프로그램 책자가 가득 놓여 있었다. 시내 투어, 마사지 투어, 수상 시장 투어, 야시장 투어, 쇼핑 투어…… 종류도 많았다. 관심 가는 걸 두어 개 체크하고, 다행히 한국말 하는 직원이 있어서 그를 통해 일단 내일 시내 투어만 예약을 걸어놨다.

어느새 밥때가 되어 식당에 갔는데, 식당 내부에는 개를 들이면 안 된다고 해서 야외 테이블에 앉아 주문했다. 수건으로 만든 방석에 개를 올려놓고는 쌀국수를 먹었다. 향신료 맛이 진하게 나는 소고기 국물이었는데, 원체 뜨끈한 걸 좋아해서 그 더위에도 술술 넘어갔다. 내가 밥을 먹는 동안 개는 피곤했는지 의자 위에서 꾸벅꾸벅 졸았고, 꼭 천사가 저렇게 생겼겠다 싶은 서양 꼬맹이 둘이서 그런 개를 보고 무어라 무어라 하며 손짓하고 까르르 웃어댔다.

밥을 다 먹고 나니 해가 졌다. 해가 있을 때는 땀구멍까지도 다 보일 것처럼 훤했는데, 밤이 되니 불빛 한 점 없는 시커먼 적막이다. 꼭 내 고향 마을 밤길 같았다. 간간이 세워둔 조명에 의지해 그 캄캄한 길을 걸어 더듬더듬 방으로 향했다. 안에 들어오자 후덥지근한 바깥세상과 내외라도 하는지 얼음장처럼 공기가 차서 에어컨 온도를 좀 높였다.

오가는 것밖에 한 게 없는데 잠이 쏟아져서 양치만 하고 바로 침대에 누웠다. 침구가 어찌나 푹신한지 거품 위에 누운 것처럼 몸이 쏙 꺼졌다. 개는 이동 가방 안에 담요를 깔아 만든 임시 잠자리에 넣어놨다. 낯설어 그런지 놈이 안 자고 기어나와 침대 머리맡에서 깽깽대기에 궁둥이를 철썩 쳤다.

"안 돼. 사람은 사람 자는 데서 자고 개는 개 자는 데서 자는 거다, 이놈아."

침대에 올려달라고 조르는 걸 칼같이 쳐내자, 개는 푸흥 콧소리를 내며 제 가방으로 들어가 몸을 둥글게 말았다. 그 쪼끄마한 등짝을 보니 또 세상 애처롭다가도, 한번 침대에 들이면 계속 졸라대는 걸 알기에 아예 돌아누웠다.

아내는 곧잘 개를 안고 잤다. 나는 더럽다고, 짐승은 짐승답게 키워야 한다고 소리를 빽 지르곤 했다. 아내는 우리처럼 밥 먹고 똥 싸고 털 있고 가죽 있는 짐승인데 뭐가 문제냐며 노상 집에 있는 개가 깨끗하지, 사방 천지 오만 잡것 다 묻혀 들어오는 인간이 깨끗하겠냐고, 그렇게 깔끔 떨 거면 오줌 싸고 손이나 제대로 씻으라고 면박을 줬다. 말로는 못 당하니 입이 쑥 들어갔는데, 그럴 때면 아내 품에 안겨 있는 개가 눈을 새치름하게 뜨고 '요놈아, 이 집에서 내가 너보다 위다' 하고 쳐다보는 것 같아 속이 끓었다.

"내가 암만 그래도 개는 끼고 안 잔다. 개는 끼고 안 자지."

중얼거리다 보니 잠이 들었고 코 고는 소리에 잠깐잠깐 깼는데, 개가 코를 고는 건지 내가 코를 고는 건지, 아니 둘 다겠지 하다 또 까무룩 잠들었다.

아침잠이 없어 일찌감치 일어나 멀뚱멀뚱 식당 오픈 시간만 기다리다, 조식을 먹으러 가니 나밖에 없었다. 다시 방에 들어갔다 나올까 했지만, 또 언제 오가나 싶어 자리를 잡고 앉았다. 먹을 게 많아 눈이 확확 돌아갔지만, 노친네 식탐 부린다 할까 봐 두 접시만 먹고 나왔다. 간이 안 된 찐 브로콜리가 있기에, 휴지에 두어 개 싸가지고 와서 개한테 줬다.

개는 늙어서 그런지 아침에는 잘 일어나지를 않아, 밥을 먹고 와도 자고 있었다. 코앞에 브로콜리를 갖다 대자 그제야 일어나 오줌도 누고 물도 마시너니, 브로콜리 먼저 먹고 사료도 먹었다. 늙어서도 식욕이 안 주는 건 또 나를 닮았다.

시내 투어는 10시에 리조트 앞에서 모인다고 했다. 개를 데려가도 되냐고 했더니 된다고 해서, 놈을 가방에 넣고 놈이 마실 물이랑 간식도 챙겼다. 방에 두고 갈까 했지만, 여기까지 와서 두고 가면 뭐 하러 데려왔나 싶어 눈치가 보여도 끼고 가기로 했다. 투어에 참가하는 사람들은 나를 포함해 네 팀, 총 열 명 정도 됐는데 두 팀이 서양인이고 한 팀은 한국인 신혼부부였다. 배가 불룩하게 나온 영감이 웬 개를 끼고 차에 타자 관심을 한 몸에 받았다.

"개가 순해요, 순해. 늙어서 냄새가 쪼까 나는데 그래도 잘 씻기고 왔어요. 깨끗해."

묻지도 않은 말에 답을 하며 눈치를 살폈지만, 다들 반겨줘서 한시름 놓았다. 여름 나라라 금세 땀이 나서, 지금 나는 냄새가 개 냄샌지 사람 냄샌지 분간이 안 가는 것도 다행이다 싶었고.

우리를 태운 미니밴은 리조트가 있는 숲길을 내달려 방콕 시내로 향했다. 시내에 들어서자 어마어마하게 많은 차량에 놀랐는데, 차와 오토바이와 자전거가 뒤섞여 여기저기서 빵빵대는 통에 혼이 나갈 정도였다. 도로가 귀와 눈에 익자 색

색깔 간판과 거미줄처럼 늘어선 전선, 과일 노점, 노상 국숫집 등이 보이기 시작했다. 안 맞는 퍼즐을 억지로 끼워 맞춘 것처럼 제멋대로면서도 그게 또 꽤 그럴싸해 보였다.

그 정신없는 도로를 뚫고 작은 항구에 도착해서 배로 갈아탔다. 잠시 이동하는 사이 셔츠가 땀에 흠뻑 젖을 정도로 날씨가 대단했는데, 배에 오르자 강바람이 제법 시원해서 개를 살짝 꺼내 바람을 쐬어주었다. 개는 낯선 열기와 물비린내에 코를 킁킁거리며 경계했다. 그러다가 콧잔등 털이 바람에 살살 흔들리는 게 기분이 좋은지, 눈을 게슴츠레 뜨고 가만히 바람을 느꼈다.

강을 건너서 왕궁과 사원 들을 구경했다. 저게 다 금인가, 진짜 금인가, 그러면 다 얼만가, 속으로 셈하면서 사방에 금칠한 왕궁과 사원 들의 휘황함에 입을 쩍 벌렸다. 그러나 비 오듯이 쏟아지는 땀과 눈을 제대로 못 뜰 만큼 뜨거운 햇살에, 두어 걸음 걷다가 그늘을 찾고 두어 걸음 걷다가 앉을 자리를 찾곤 했다. 내가 뒤처지자, 가이드가 원래 어르신들이 방콕을 힘들어하신다며, 무리하지 말고 앉아 쉬시라며 물 한 병을 건넸다. 그 말이 꼭 무리하다 탈 나면 자기 책임이니 적당히 눈치껏 하라는 말처럼 들려, 더 오기를 부리지 않고 그늘을 찾아 앉았다.

마음은 고마웠지만 가이드가 건네준 물은 미지근해서 오히려 갈증이 더 났다. 개 가방에 손을 넣어보니 완전 찜질방 수준이라, 얼른 꺼내 개에게 물을 먹였다. 손바닥에 부어준 물은 개가 몇 모금 핥기도 전에 금세 손가락 사이로 빠져나갔다. 다시 부어주고 다시 빠져나가고, 그러다 보니 어느새 발밑에 꺼먼 물웅덩이가 생겼다.

사원에서 나와 백화점과 쇼핑몰을 구경하고, 그사이에 태국식 김치찌개쯤 된다는 똠얌꿍을 먹었다. 우리 팀은 내 개 때문에 에어컨이 빵빵하게 나오는 실내에 못 들어가고 야외 테이블에 앉아 먹었는데, 어찌나 미안하던지 밥이 입으로 들어가는지 코로 들어가는지 모를 정도였다. 괜히 개를 데리고 와서 민폐라고 조아리자 다들 괜찮다고, 테라스에서 먹으니 사람 구경도 할 겸 좋다고 해줬다. 그 말에 나는 감명을 받아 맥주를 사서 돌렸다. 다들 공짜 맥주 맛이 일품이라고 빈말이라도 해줘서 고마웠다.

투어 마무리로 어마어마하게 큰 야시장을 구경했다. 천지의 별의별 게 다 모여 있었지만, 죄다 장식품이나 그릇이나 액세서리라 살 만한 건 마땅찮았다. 아, 마침 간호사 줄 선물이 생각나 망고 과자를 샀구나. 그리고 주위에 뿌릴 용으로 조각천으로 만든 코끼리 인형도 몇 개 샀고. 그렇게 구경하고 나오는 길에 개 옷 가게가 보였다. 비행기에서 개가 오줌을 싸는 바람에 입혀놨던 옷을 버린 게 생각이 나서, 양이 그려진 노란 조끼 하나를 골랐다.

"내 건 하나도 없고 니놈 거만 샀네, 이놈아."

옷이 맞는지 대보려는데 이놈의 개는 만사 귀찮다는 듯이 고개를 홱 돌리는 거다. 얄미운 놈.

밤 9시가 넘어서 숙소에 돌아왔다. 방에 들어와 개를 꺼내놓자 종일 쫓아다녀 피곤했는지 축 늘어졌다. 내 딴에는 혼자두고 가기 뭣해서 데려갔는데 괜한 짓을 했나, 미안한 맘에 사료를 담뿍 부어주었다. 그거는 또 좋다고 찹찹찹 먹는다. 곧 죽어도 밥은 먹고 죽을 놈. 얄밉다가도 밥 안 먹고 속 썩이는 것보다는 낫지 싶었다.

"이럴 줄 알았으면 제주도나 갈걸. 회 사 먹고 전복이나 구워 먹고."

문득 후회가 들었다. 개는 이빨이 성치 못해 한쪽으로만 사료를 씹느라 반은 씹고 반은 그냥 넘겼다. 종일 끼고 다녀보니 덥고 습해서 사람도 힘든데 개는 오죽하겠나, 사람 좋다고 한 일에 괜히 짐승이 고생이다 싶어 한숨이 나왔다. 사료를 다 먹은 개가 끄극, 트림을 했다.

개도 개지만 나도 더위를 먹었는지, 사지에 힘이 들어가지 않았다. 개는 그사이 담요에 몸을 둘둘 말고 잠들었다. 에어컨 바람을 맞고 있으면 몸살이라도 날 것 같아 냉장고에서 맥주 한 캔 꺼내 들고 테라스에 나가 앉았다. 관자놀이가 찡 울릴 정도로 찬 맥주를 마시며 수영장 너머를 바라봤다. 꺼먼 풀숲은 꼭 목이 타서 헐떡대는 짐승처럼, 다가가면 죄다 빨아들일 듯했다.

아내는 늘 개랑 같이 해외여행 한번 하는 게 소원이라 했다. 계 모임에서 어디를 갔다가 개를 데리고 여행 다니는 노부부를 봤는데 그게 그렇게 부럽더라고, 우리도 개 데리고 어디 가자 했다. 세상 별 희한한 소원도 다 있다, 해외여행 한번 못 가본 사람도 수두룩한데 뭔 개를 끼고 나가나, 누가 들음 유난 떤다 욕한다고 하니, 아내는 걔가 우리 자식이나 다름없는데 자식이랑 여행 가는 게 뭔 대수냐고 받아쳤다. 아내는 한다면 꼭 하는 여자라 나는 절레절레하면서도 언젠가는 기어코 저놈을 끼고 가겠구나 싶었다. 그러면 생색은 아내가 다 내고, 개 수발은 내가 다 들고 그렇게 고생은 또 내가 다 하겠네 하면서, 이름 모를 여행지에 있는 셋의 모습을 머릿속으로 그려보았었다.

아내는 오랫동안 간호사로 일했다. 가정 형편 때문에 의대 못 간 걸 늘 한으로 여겼는데, 병원에서 멍청한 의사 놈들 뒤치다꺼리하느라 한숨이 가시는 날이 없다고 한탄하곤 했다. 자기가 남자로 태어났으면, 간호사 월급 벌어 뒷바라지하던 오라비 대신에 의대도 가고 한자리 단단히 했을 거라 아쉬워하면서.

아내는 늘 불의를 참지 못했다. 제일 크게 싸움이 났던 게 아파트 근처에 장애인 학교가 들어선다고 주민들이 들고일어났을 때였다. 아내는 반상회에 나가 사람들이 그러면 안 된다고, 삿대질을 해댔다. 사람들은 우리 부부가 애가 없어 부모 마음을 몰라서 그런다, 그게 들어오면 얼마나 애 교육에 안 좋은지 생각을 못 하느냐 맞삿대질을 했다. 아내는 그 말에 당신네처럼 애를 허투루 낳고 허투루 키울 바에 없는 게 낫다고 되받아쳤더랬다.

그렇게 불같은 성격 탓에 아내가 쌈닭이 되는 일은 1년에 한두 번, 더울 때 한 번 추울 때 한 번 명절 돌아오듯이 돌아왔다. 그럴 때마다 주위에선 아내를 두고 늘 "여자가 너무 세다"고 수군댔고. 하지만 나는 겉으로는 동네 시끄럽게 굴지 말라 말리면서도 그런 아내가 내심 그렇게 멋져 보일 수가 없었다. 아내가 사내로 태어났으면 의사가 아니라 변호사, 검사, 장군도 됐을 인물이라고 믿어 의심치 않았다.

테라스에 앉아 깜박 졸았는데, 꿈에 오늘 사원에서 본 여신처럼 금장식을 온몸에 두른 아내가 나왔다. 아내는 옆으로 길게 드러누워 부처님 미소를 짓고 있었다. "왔느냐. 오느라 고생했다. 쉬어라, 쉬다 가라" 하며 거대한 아내가 나를 온화한 얼굴로 내려다보았다. 세상 시끄럽게 해놓고 저 혼자 속 편한 그 능청맞은 표정이 고까워서 한소리 하려는 찰나, 개가 유리문을 긁는 소리에 잠에서 깼다.

다음 날은 신청해뒀던 수상 가옥 투어를 취소하고 그냥 쉬기로 했다. 개를 안고 그 더위에 돌아다닐 자신이 없었다. 대신 느긋하게 아침을 먹고 개와 산책을 나섰다. 리조트 문밖을 나오자 조용하다 못해 황량한 것이 같은 세상이 맞나 싶었다.

포장도 안 된 흙길을 한 20분쯤 걸었을까, 드문드문 가게들이 보였다. 좀 더 들어가니 꽤 번화한 상점가가 나왔는데, 때마침 출출해져 뭐라도 먹을 게 없나 두리번댔다. 한글 비슷한 걸 보고 처음에는 잘못 본 건가 싶어 다시 봤다. "김치국수"라고 적혀 있었다. 슬쩍 문을 열고 들어가자 30대 후반쯤으로 보이는 여성이 주인인 듯 태국말로 반겼다. 내가 못 알아듣자, 한국말로 들어오라며 자리를 내줬다.

"개가 있는데 들어가도 됩니까?"

"개요? 괜찮아요. 저희도 개 키워요."

허락이 떨어지면 들어가려고 목만 빼고 물었는데, 무뚝뚝해 보이던 주인 얼굴이 활짝 펴졌다. 과연 가게 한구석에 투실투실한 시추 한 마리가 늘어져서 자고 있었다. 그제야 안심이 돼서 자리에 앉고는 개를 바닥에 내려놨다. 시츄가 개 냄새를 맡고는 슬쩍 다가와 킁킁댔고, 우리 개는 세상 귀찮아하며 냉큼 등을 돌렸다. 그사이 주인이 납작한 접시에 물을 담아 들고 왔다. 개는 경계하듯 냄새를 맡다가 물을 할짝거렸고, 개가 물을 다 마시자 주인이 아차 하며 내 물도 내왔다.

"여행 오신 거예요? 개를 데리고? 멋지네요."

"멋지긴 뭐가 멋집니까. 주책이지."

"아니에요. 멋져요. 어르신도 개도……. 근데 나이가 많아 보이네. 할머니네."

"할머니요. 개 할머니. 얘가 먼저 죽나 내가 먼저 죽나 그러고 있소."

주인이 말아준 김치국수를 먹으며 이런저런 얘기를 나눴다. 원래 상암 어디서 국숫집을 했는데 티브이에도 나오고 장사가 곤잘 됐다고 한다.

"근데 장사가 잘되니깐 잘되는 대로 또 정신 사납더라고요. 몸도 여기저기 망가지고……. 도저히 안 되겠다 싶어 몇 년 쉬잔 생각에 도망 나왔어요. 마침 이모가 태국 남자랑 결혼해서 살기도 하고."

"아이고, 그래도 젊은 사람이 용기가 가상하네. 우리 같은 노친네들은 한번 인이 박이면 박차고 나올 엄두가 안 나거든."

젊은 사람이 받아주니 늙은이가 신이 나서 꽤나 떠들어댔다. 그러다 보니 국수를 한 그릇 뚝딱 비웠고, 소주 한 병도 비우고, 또 태국식 튀김말이도 한 접시 시켜 뚝딱 비우고, 그렇게 사는 얘기를 주거니 받거니 하다가 다른 손님이 들어오기에 폐 끼칠까 싶어 얼른 일어났다. 언제든 또 오라는 주인장 말에 기분이 좋아져 그럽시다, 하고 개를 안고 나왔다.

배도 채웠겠다 소주도 한잔 걸쳤겠다, 흥얼흥얼 노래를 부르며 리조트로 돌아가는 길이 나갈 때보다 훨씬 짧게 느껴졌다. 가다 보니 작은 우체국이 보여서 엽서나 쓸까 싶어 들어갔다. 옆 가게에서 오늘 못 본 수상 가옥 사진이 담긴 엽서를 사가지고서. 그런데 막상 보낼 데가 마땅치 않아 고민하다가 막냇동생네 하나, 올해 시집간 조카딸네 하나, 이렇게 두 장을 써서 보냈다. 그러고는 이 동네 우체국은 어떻게 생겼나, 일은 어떻게 하나 싶어 이래저래 훔쳐봤다.

스물여섯에 들어가 정년까지 30년을 넘게 우체국에서만 일했다. 자주 직장을 옮겼던 아내는 한군데서만 노상 있으면 지겹지도 않냐 타박했지만 나는 워낙 안정주의자라 매일 가는 직장, 매일 하는 일, 매일 들르는 단골 가게, 그렇게 쳇바퀴 도는 일상에 안정감을 느끼는 사람이었다. 낯선 것은 곧 죽어도 싫고 살아생전 도전 같은 걸 해본 적이 없었다. 그런 나를 보고 아내는 야망 없는 남자는 재미없다고 혀를 찼지만 어쩌겠나, 내 그릇이 고만큼인걸. 그래도 소위 야망 있다는 놈들이 사업한답시고 날려먹고 노름판에 기어 들어가 식구들 똥줄 타게 하는 꼴을 몇 번 보더니, 아내는 차라리 소심한 놈이 낫다며 나중에는 치켜세워주더라. 칭찬 아닌 칭찬에 썩 기분이 좋지는 않았지만, 구박보다는 낫겠거니 했다.

여행을 좋아하던 아내는 시간만 나면 전국 팔도를 쏘다녔다. 나는 주말이면 그저 집에 앉아 티브이 보는 게 낙인 사람이었고. 애초에 우리 부부는 서로 달라도 한참 다르다는 걸 알고 각자 놀았더랬다. 나이 들고 살림살이가 나아지자 전국 팔도 순례가 싱거워진 아내는 기어코 바다 건너로 다니기 시작했다. 어찌나 나다니는 걸 좋아하는지 1년에 서너 번도 더 나갔다 왔다.

어느 날은 신년 운세를 보러 갔다가 뜬금없이 자기 팔자에 물 건너가는 수가 있더라며 흥분을 했다. 바다 건너 나가 살아야 필 팔자인데 육지에 갇혀 있으니 그 기운이 고이기만 하고 흐르지를 않는 거라고, 좀만 늦게 태어났으면 진작에 나가 벌써 자리 잡았을 거라 한탄하면서. 그 말에 나는 또 "그렇지, 좀만 늦게 태어났으면 한몫하고도 남을 여사님이지" 하고 맞장구를 쳤더랬다.

엽서를 보내고 나오니 동네 개들이 더위를 피해 우체국 앞에 늘어져 있었다. 여기 개들은 죄다 덩치는 늑대만 해서는 걸어 다니거나 움직이는 꼴을 못 봤다. 다들 그늘에 늘어져서 잠만 퍼 자고 있었는데, 내가 개를 안고 지나가면 개 냄새에는 반응해서 고개만 들었다가 다시 퍼질러 눕고는 했다. 개들은 주인이 없는 건지 다들 눈이 시뻘겋게 충혈되어 있고 귀랑 피부에 누런 딱지가 들러붙어 있었다. 나는 혹시라도 나쁜 균이 옮을까 봐 내 개를 바짝 당겨 안았다.

숙소에 돌아와 낮잠을 자고 일어났다. 밤이 되니 마땅히 산책할 데도 없고 해서 수영장에 몸을 담가봤다. 중앙 수영장에서 공짜로 빌려주는 튜브가 있어 하나 챙겼는데, 뱃살에 끼어 튜브가 좀 빡빡했지만 그래도 물에 들어가니 있을 만했다.

물 위에 둥둥 뜬 채로 하늘도 보고 나무도 보고 새도 보고.

수영복을 챙겨 오기는 했지만 막상 물에 들어갈 줄은 몰랐다. 목욕할 때 말고 물에 몸을 담가본 적이 언제더라. 어릴 적 동네 냇가에서 빠져 죽을 뻔한 뒤로 평생 제대로 된 물놀이를 못 해봤다. 그런 내가 태국에 와서 그것도 혼자서 수영장 물에 둥둥 떠 있다니……. 사람이 갈 때가 되면 별짓을 다 해보고 싶어지나 보다. 아내가 그렇게 한번 가자고 애원하고 협박해도 나서질 않던 여행을 제 발로 오다니, 그것도 개를 끼고. 아내가 지금 나를 봤으면 '당신도 다됐다, 별일이다' 하겠지.

가만히 물에 몸을 맡기고 있으니 오만 잡생각이 사라졌다. 이대로 잠도 들겠다. 그러면 죽겠지. 죽으면 물에 퉁퉁 불은 나는 누가 건지나. 그 삐쩍 말라서 힘이라고는 없어 보이는 직원이 나를 건지나. 그런 민폐가 또 있나. 물에 빠져 죽는 건 안 되겠다. 못 쓰겠다. 그런 생각을 하는데, 시꺼먼 수풀 쪽에서 짐승 소리가 들렸다. 꼭 늑대 울음소리 같아서 등허리에 쭈뼛 소름이 돋았다.

다음 날 나갈 채비를 다 할 때까지도 개가 일어나지를 않왔다. 전날 취소했던 수상 가옥 투어를 가려는데 괜히 데려가면 서로 힘만 들 것 같아 너는 쉬고 있어라, 하고 물과 사료를 챙겨주고 나왔다.

수상 가옥 투어는 시내 투어보다 두 팀이 더 많았다. 서양인 반에 한국인 반. 거기다가 중국인 가족이 꼈다. 차를 타고, 배로 갈아타고, 다시 작은 배로 또 갈아타 배 위에서 집을 짓고 사는 사람들을 구경했다. 보트 상점에서 쌀국수도 말아 먹고, 망고도 먹고, 팔찌도 사고, 열쇠고리도 사고. 그렇게 먹고 사고 먹고 사고 하다 보니 투어가 끝났다. 더운 날씨에 흔들거리는 배 안에서 짜고 단 걸 자꾸 집어넣으니 속이 부대껴서 까딱하면 강물에 토를 할 뻔했다.

오는 길에는 투어에 포함되어 있다는 마사지를 받았다. 속이 안 좋기도 하고, 두고 온 개가 걱정도 돼 일찍 숙소로 가고 싶었지만, 한 차로 이동하는 거라 혼자만 안 가겠다 하기가 뭣했다. 남자 따로 여자 따로 방을 배정받아 마사지를 받았는데, 샤워는 했어도 때가 나올까 봐 내내 맘이 편치가 않았다.

투어를 마치고 태국식 샤부샤부로 저녁까지 먹고, 숙소로 돌아오니 해가 질 때였다. 문을 열자마자 개를 찾았는데, 개는 여태 자는 건지 담요에 둘러싸여 있었다. 밥은 먹고 자나 싶어 보니 아침에 주고 간 사료랑 물이 그대로다. 곧 죽어도 밥은 챙겨 먹는 놈인데, 심상치가 않았다. 담요를 젖히자 설사와 토사물 범벅에, 개는 축 늘어져서 세워도 픽 넘어지고 세워도 픽 넘어지고.

"왜 이러냐, 이놈아. 두고 갔다고 이러냐. 왜 이러냐, 이놈아."

내 목소리에 그제야 정신이 드는지 개는 일어나려 애를 썼지만 두어 걸음 걷다 묽은 변을 지리고 또 두어 걸음 걷다 지리고 했다. 전부터 자주 배앓이를 해서 안 그래도 물이 바뀌면 탈이 날까 걱정했는데……. 혹시나 하는 마음에 동물 병원에서 받아 온 비상약을 가방에서 꺼내 물에 갰다. 먹으라고 코앞에 대니 냄새를 맡고는 용케 약인 줄 알고 고개를 홱 돌렸다. 그러고는 또 꿀렁꿀렁하더니, 먹은 게 없어서 누런 위액만 게워냈다. 약 냄새가 나서 안 먹나 싶어 조식 때 챙겨 온 잼을 뜯어 약물에 갰다. 단내가 나자 그제야 혀를 슬쩍 대보더니 못 이긴 척 먹었다. 잼이 안 섞인 부분만 귀신같이 남겨서 남은 약은 코에 묻혀 억지로 핥게 했다. 약을 먹느라 진을 뺐는지 또 두어 걸음 걷다 픽 쓰러지고, 그러다가 아예 엎어져서 혀를 빼고 축 늘어졌다.

개가 잘못되는구나, 개가 가는구나 싶어 겁이 났다.

개를 안고는 침대에 누웠다. 종일 위로 아래로 뿜어낸 개는 짜다 만 빨래처럼 늘어졌다. 그 와중에도 사람 품이 좋은지 내려놓으려 하면 없는 힘으로 낑낑대며 버텨서, 자세도 못 바꾸고 내내 품에 안고 있었다.

"개는 침대에 올리는 거 아닌데. 사람 자는 데 올리는 거 아닌데. 이놈아, 니가 기어코 올라오네, 이놈아."

힘이 없어 늘어진 개를 안고 아기 달래듯 머리부터 등허리까지 천천히 쓰다듬었다. 그 작은 놈의 온기가 닿아 가슴팍이 따뜻해졌다. 아내가 품에 안겨서 숨을 쉬면 이렇게 가슴이 따뜻해졌더랬다. 그 온기에 두렵던 마음이 안도감으로 바뀌었다.

개가 가면 이제 나도 갈 수 있겠구나. 나도 가도 되겠구나.

아내는 나보다 몇 년 빨리 퇴직해 병원을 나왔다. 그러고는 병원에서 거래하던 건강식품 제조업체에 들어갔는데, 녹즙이나 건강 주스를 만들어 파는 회사였다. 아내는 병원에서 일해

보니 병나서 고치는 것보다 병 안 나게 미리미리 관리하는 게 최고더라 했다. 그래서 건강한 음식을 먹는 게 무엇보다 중요하다고, 그런 음식을 파는 일을 하고 싶다 했다. 아내는 특유의 추진력과 말솜씨, 그리고 간호사로 오래 일하며 얻은 인맥 덕에 영업을 아주 잘했다. 회사에서 이달의 영업왕을 한 번도 안 놓치며 노익장을 과시했다. 덕분에 나는 온갖 녹즙이며 건강 음료를 아침저녁으로 달고 살았는데, 아무리 식사 대용이라지만 하도 먹어서 되레 속이 쓰리다 해도 듣지를 않았다.

은퇴하고 더 열정적으로 살던 아내가 꺾인 것도 결국 일 때문이었다. 아내가 팔던 건강 주스는 첨가제 하나 안 넣고 유기농 채소와 과일로만 만들어진다고 광고했었다. 하지만 알고 보니, 설탕 시럽이 반이다시피 한 순 엉터리 수입품이었다. 같은 식구인 영업 사원들도 깜빡 속을 만큼 사장 놈이 철두철미하게 사기를 쳤던 거다. 아무리 몰랐다고 하더라도 아내는 심하게 자책했다. 다 자기 믿고, 간호사 출신이라는 거 하나 믿고 사준 고객들인데 이 죄를 어쩌면 좋냐고, 세상이 무너질 듯 괴로워했다. 주위에선 됐다고, 일개 사원 나부랭이가 뭘 알았겠냐고 좋게 넘어가줬지만, 정의감에 죽고 사는 아내였기에 그 절망감이 어떨지 나는 잘 알았다.

유기농 건강 주스가 실은 설탕물이었다는 걸 알게 된 이후로, 아내 몸도 설탕으로 만들어진 것처럼 흐물흐물 녹기 시작했다. 평생 식지 않을 것 같던 불같은 성정이 식은 죽처럼 밍밍해졌고, 좀처럼 회복되지 못했다. 그렇게 한번 꺾인 이후로 시름시름 앓더니 결국 못된 병을 얻어 손도 못 써보고 1년 만에 갔다.

아내가 가고, 아내가 끼고 자며 애지중지하던 개랑 둘이 남았다. 평소에 당신 가면 나도 간다, 내 무슨 재미로 사나 하던 나는 아내가 떠나고 더는 미련이 없었다. 뭐 대단한 로맨티스트라서가 아니라 일평생 심심하게 살던 사람이었는데, 밋밋한 삶에 유일하게 흥을 넣어주던 존재가 사라졌으니 남은 인생이 더는 별 볼 일 없겠다 싶었다.

늙는 거 서러워하던 내게 아내는 종종 "늙는 거에도 재미가 있다. 나이 먹으면 그 나이에 맞게 재미지게 살면 된다" 타일렀었다. 하지만 그렇게라도 말해주는 이가 없으니 남은 날에 한 점 기대가 없어졌다. 아내가 떠난 뒤 나는 마음만 먹으면 떠날 준비를 했다. 나 하나 없어진다 해서 아쉽다 할 사람

하나 없으니 되레 산뜻했고.

그런데 개가 문제였다. 이놈의 개가 남아서, 나이가 열일곱이 넘어서도 죽지를 않고 있으니 내가 갈 수가 있나. 한 10년 전부터 골골댔는데 죽을 둥 하면 살고, 살 둥 하면 죽을락 말락 하면서도 죽지를 않았다. 개가 죽지를 않으니, 내가 가면 개밥은 누가 챙기고, 개 똥오줌은 누가 치워주나. 그렇다고 개를 두고 가면 아내가 얼마나 타박할지, 대뜸 내 궁둥이를 걷어차서 얼른 개 데리고 오라고 쫓아낼지도 모를 일이었다. 그러고도 남을 정도로 아내가 중하게 여기던 놈이니, 내가 이놈을 두고 어디를 갈 수 있겠는가. 그렇게 다 늙은 개랑 다 늙은 영감 둘이서 또 몇 년을 살았다. 서로 두고는 어디를 못 가서, 그렇게 서로를 끼고 몇 년을 살았다.

개가 또 목구멍을 꿀렁거려 토하려나 싶어 얼른 바닥에 내려놓았다. 이제는 위액도 안 나오는지 거품만 토해냈다.

"이놈아, 다 늙어서 개 수발 드는 것도 지겹다. 갈 거면 고생 적당히 시키고 가라."

속을 게워내는 개 뒤통수를 보면서 중얼거리고 있으니, 아내가 보고 싶어졌다. 아내의 동글동글하고 볼록한 뒤통수가 보고 싶어졌다. 보고 싶은 마음이 위액처럼 게워지니 아내가 사랑하는 개를 얼른 보내고, 내가 사랑하는 아내를 보러 얼른 가고 싶었다.

이 여행이 내 생애 최초의 자발적 도전이었다. 늙은 개를 데리고 늙은 몸을 이끌고, 아내가 그토록 하고 싶어 하던 여행을 하는 것. 나의 처음이자 마지막 도전이리라. 가방 안주머니, 수면제가 들어 있는 약상자에 눈이 달린 것처럼 시선이 느껴졌다. 이 여행을 마치고, 개와 나는 집으로 돌아가지 않는다. 이 낯선 나라의 낯선 장소에서, 홀연히 떠나 아내를 만나러 갈 것이다.

여행 내내 떠날 수 있는 장소로 어디가 좋을까, 어디면 최대한 민폐를 끼치지 않고 조용히 갈 수 있을까를 고민했다. 하지만 숙소는 직원들에게 민폐이고, 거리는 주민들에게 민폐이고, 강은 강에 사는 사람들에게 민폐이고, 그렇게 민폐가 아닌 곳을 찾다 보니 떠날 장소가 마땅찮았다. 또 간호사 갖다 줄 망고도 사고 친구 놈들 줄 열쇠고리도 사고 보니, 산 거는 갖다줘야 되지 않나 싶고. 막상 이 핑계 저 핑계 대며 결단을 못 내리는 걸 보니, 과연 난 아내 말대로 고쳐도 못 쓸 천하의 겁쟁이다.

개가 비척비척 걸어가다가 또 똥을 지리나 했는데, 뒤로도 나올 게 없는지 투명한 점액질만 나왔다. 카펫에 지린 바람에 그걸 빨아서 널려고 테라스로 나갔는데, 수영장 쪽에서 어디서 흘러나오는지 모를 물방울 소리가 똑똑 이어졌다. 그 소리가 시계 초침처럼 조바심이 들게 했다. 꼭 나더러 '어서 마음의 결정을 하라'고 등을 떠미는 것만 같았다.

카펫을 널고 들어가려는데 수영장 너머 검은 숲에서 형광색 불빛이 번쩍거렸다. 오싹하면서도 뭔가 싶은 마음에 다가가니 그 빛이 일렁이다가 점점 내 쪽으로 다가왔다. 그러곤 순식간에 나를 확 덮쳤다. 들개였다. 몸이 무거워 제때 피하지를 못하고 뒷걸음질만 치다가, 바닥에 놓인 바람 빠진 튜브를 밟고 뒤로 나자빠졌다.

우리 개가 아주아주 커다래져서 사자만 하게, 아니 큰 코끼리만 하게 변해 있었다. 목과 머리, 허리에 금으로 짠 장신구를 하고 있어서 움직일 때마다 짜랑짜랑 경쾌한 소리가 울렸다. 개 등에는 뒤통수가 동글동글한 여자가 타고 있었는데, 다시 보니 아내였다. 아내는 갑옷 차림으로 한 손에는 방패를, 다른 손에는 저만 한 창을 들고 있었다. 아내가 "이랴, 이랴" 하며 목줄을 당기자 개가 우어어 천둥 같은 소리를 내며 타박타박 달려왔다. 이놈이 그동안 지 수발 든 은혜도 모르고 나를 밟아 죽이려나 싶었다.

그 순간 아내가 나를 찌를 듯 창을 겨누었다. 아, 생전에 못 해준 걸 이렇게 갚는구나 하는 찰나, 그 창으로 나를 훌쩍 들어 올려 공중에 뼹 띄웠다. 어느새 내가 개 궁둥이에 툭 떨어졌다. 나는 미끄러지지 않으려고 궁둥이 털을 양손으로 부여잡고는 기어올라 자세를 잡았다. 그러자 아내의 동글동글한 뒤통수가 보였고, 울음이 왈칵 터지려는 순간 아내가 다시 "이랴, 이랴!" 하자 개가 훌쩍 뛰어 하늘로 날아올랐다.

코끼리만 한 개와 장군이 된 아내와 함께 방콕 하늘 위를 날았다. 울창한 밀림과, 불야성인 도시와, 스테인드글라스처럼 반짝이는 강을 건넜다. 아내의 호탕한 웃음소리가 짜오프라야강 위를 울렸다.

"자네, 소리 좀 낮추오. 사람들 다 깨겠소."

그 말에 아내는 내가 소심하게 굴 때마다 새치름하게 눈을 흘기던 표정을 짓더니 보란 듯이 더 크게 웃었다. 아내의 웃음소리에 맞춰 개도 기분 좋게 왈왈 짖었다. 나도 어느새 에라 모르겠다 싶어, 하하 웃으며 배를 통통 두드렸다. 아내와 개와 내가 웃는 소리가 돌림노래처럼 남색 하늘에 울렸다. 그때 비릿한 침 냄새와 함께 온몸이 축축해질 정도로 젖는 느낌이 들어, 비가 오나 하늘을 올려다보았다.

"김준성 님, 괜찮으세요? 정신이 드세요?"

여기서 내 이름을 아는 사람이 있나, 이제 저승에 다 왔나. 정신을 차리고도 한참 눈을 깜박거렸다. 리조트의 한국인 직원이 먼저 보였고, 그 옆으로 간호사와 의사 들이 서 있었다.

"급한 검사는 다 했는데, 다행히 뇌출혈은 없대요. 그래도 가벼운 뇌진탕이니 한동안은 현기증이나 구토감이 있을 수 있어요."

한국인 직원이 나한테 조목조목 어떻게 된 일인지 설명해 줬다. 한동안 말소리가 뇌로 들어가기 전에 귓구멍, 콧구멍으로 술술 빠져나가서 다시 주워 곱씹느라 시간이 걸렸다.

"강아지 소리 아니었으면 큰일 날 뻔했어요. 강아지가 구했어요, 강아지가."

강아지란 건 우리 개를 말하나 잠시 생각했다. 그 직원 말로는, 개 짖는 소리에 순찰하던 직원이 뭔 일인가 싶어 살펴보니 내가 수영장 바닥에 쓰러져 있었단다. 개가 정신을 잃은 나를 깨우려고 한 번 짖고 두 번 핥고 그러고 있었다고. 사람들이 나를 옮기니 그제야 짖는 걸 멈추고 픽 쓰러지더란다. 꿈속에서 온몸이 젖도록 침 냄새가 진동하던 게 그래서였구나.

"개는, 우리 개는 어딨소?"

"직원들 숙소에 있어요."

"······설사는 이제 안 합니까? 토는요? ······개가 배탈이 났어요, 배탈이. 물을 잘못 먹었나 봐."

"걱정 마세요. 우리 직원 남편이 수의산데 살펴봤더니 괜찮다고, 장염인데 금방 나을 거래요."

"그래······ 탈이 났지. 바닥에 떨어진 거 암거나 주워 먹더라니······."

"강아지 걱정은 마시고 선생님만 기운 차리세요. 강아지는 저희가 잘······. 근데 강아지 이름이 뭐예요?"

"……이름?"

머리를 부딪힌 탓인지 순간 개 이름이 가물가물했다. 일단 입이 말라서 물을 한 잔 달라 했다. 물을 마시다가 개도 물을 좀 마셨을까 걱정이 들었다. 숙소에 가면 식당에서 꿀을 좀 얻어다가 물에 개어 줘야겠다. 그런 생각을 하는데 반짝하고 우리 개 이름이 떠올랐다.

"……햇님이요. 우리 햇님이."

병원에서 나오는 길에 늙은이가 민폐를 끼쳐 면목이 없다고 몇 번을 조아렸다.

"사람 죽어 나가면 저희 장사 접어야 해요. 별 탈 없으셔서 오히려 저희가 고맙습니다."

리조트 직원 말에 콧잔등이 시큰해져서, 내가 동네 노친네들 다 데리고 꼭 다시 오겠다고, 돈 잘 쓰는 졸부 놈들만 골라서 오겠다고 농을 던졌다.

숙소로 돌아오니, 개는 담요에서 자고 있었다. 기척을 내자 고개를 삐주룩이 들고는 내 손등을 혀로 핥았다. 제 딴에는 괜찮냐, 묻는 모양새다. 나는 괜찮다, 너는 괜찮으나 물으니 대답이라도 하듯 눈을 끔뻑끔뻑. 개를 들어 올려 품에 안으니 셔츠 위에 동그랗게 숨 자국이 생겼다. 그렇게 둘이 안고 한숨 달게 낮잠을 잤다.

둘 다 몸이 성치 않아 마지막 날은 무리하지 않고 숙소에서 쉬었다. 그러다 늦은 밤 비행기이기도 하고 짐을 싸니 아쉬운 마음이 들어 개랑 산책을 나섰다. 천천히 걸어 국숫집에 들어가, 이제 간다고 김치국수 한 그릇 말아달라 했다. 벌써 가시냐, 잘 가시고 또 오시라는 인사를 주거니 받거니 하면서 국수를 맛있게 먹었다. 다 먹고 일어나려는데 주인장이 자기도 오늘은 일찍 접고 들어갈 건데, 가는 길에 태워주겠다는 게 아닌가. 욕심 부려 산책했더니 약간 어질해서, 그럼 부탁 좀 해도 되냐 하고는 3인용 스쿠터를 얻어 탔다.

"리조트 옆길에 강변이 있어요. 노을 지면 풍경이 볼 만한데 잠깐 들를까요?"

주인장 권유에 염치없이 또 넙죽넙죽 그럽시다, 가봅시다 했다.

분명 들었는데 이름이 도저히 기억이 안 나는 강변에 도착해서는, 그럼 내가 차를 사겠다고 했다. 강가가 훤히 보이는 전망 좋은 카페에 앉아서 차를 마셨다. 붉었다가 노랬다가 팥죽색이었다가 하는 노을을 보고 있으니, 이제 정말 여행 막바지구나 싶었다. 개도 그걸 아는지 아니면 강바람이 선선하게 콧잔등을 간질여서인지, 눈을 게슴츠레 뜨고 노을을 바라보았다. 좋다. 좋구나. 여행은 좋은 거구나. 이 순간에 이런 걸 보려고 여행을 오는 거구나.

"이놈아, 뭘 보냐. 보면 뭐 줄 아냐. 아니다, 알겠지. 니 나이가 사람 나이로 나보다 많은데, 세상 모르는 게 어디 있겠냐. 다 알지."

개를 쓱쓱 쓰다듬자 손바닥에 폭 들어오는 그 동글동글한 뒤통수가 꼭 아내의 동글동글한 뒤통수 같았다. 그 촉감을 기억해두려 가만히 눈을 감고 있자 국숫집 주인이 물었다.

"다음에는 또 어디 가실 거예요?"

그 말에 눈을 끔뻑끔뻑하다 꾸벅꾸벅 조는 개에게 물었다.

그러게, 어디를 갈까. 늙은 너랑 늙은 나랑 죽지도 않고 끈덕지게 살아, 둘이서 또 어디를 갈까.

내 물음에 답하듯 개가 그르렁그르렁했다.

싫다고 해도 굳이

한국 인천

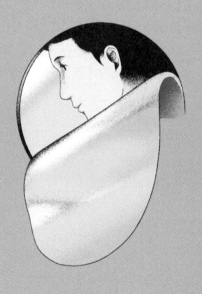

Incheon

이환은 여행을 싫어한다.

아니 정확히 말하자면 여행을 권하는 사람들을 싫어한다. 그들의 논리대로라면 여행만 가면 없었던 자아가 갑자기 생기고, 수십 년을 살아도 해보지 못했던 놀라운 경험들을 하게 되고, 모태 솔로도 하늘이 정해준 인연을 만날 수 있다고 한다. 이환의 상식으로는 단순히 장소를 바꾼다고 해서 없었던 일이 일어나고, 잃었던 무언가를 되찾을 수 있다는 것이 좀처럼 이해가 되지 않았다. 그건 마치 아침형 인간이 저녁형 인간을 앞에 두고 단지 일찍 일어난다는 이유만으로 잘난 척을 해대는 것처럼, 혹은 사이비 종교에 빠진 이들이 죽었던

사람도 다시 살아날 수 있다고 여기는 허무맹랑한 믿음처럼
들렸다. 그들의 공통점은 자신이 중요하다고 생각하는 가치
가 남에게도 중요할 거라 생각하는 '아집', 친히 너를 위해 내
가 옳다고 여기는 것을 전해주겠노라는 '독선'이었다. 싫다는
사람에게 군이 여행을 권하는 여행 찬양자들의 행동이 이환
에게는 일종의 폭력처럼 다가왔다.

이환은 어릴 적부터 집돌이였다. 집에서 노는 게 가장 좋았
다. 남자아이들이라면 죽고 못 산다는 축구도, 야구도, 농구
도 다 별로였다. 덥고 춥고 땀나고 먼지 나는 건 질색. 그런 그
에겐 그저 따뜻하고 안락한 방에 가만히 들어앉아 책을 읽거
나 게임을 하거나 혹은 고양이와 손장난을 치거나 하며 시간
을 보내는 게 제일이었다. 그렇게 이환은 신선하고 격렬한 체
험이나 일탈에서 오는 자극 따위에는 전혀 관심 없이, 익숙한
공간에서 그저 일상을 평온하게 유지하는 데 만족했다.

이환이 항공 보안검색 요원이 된 것도 근무지가 집과 가깝
다는 이유에서였다. 공항 근처 작은 신도시에 사는 그에겐 군
이 멀리 나가지 않고 집에서 출퇴근할 수 있는 직장을 찾는
일이 중요했다. 또 비가 오든 눈이 오든 별 상관없이 실내에서

근무할 수 있는 직업. 덧붙이자면 최소한의 움직임만 요하며 가만히 한자리에서 일할 수 있다면 더없이 좋았다. 그 모든 요건을 충족하고 또 이환의 스펙에도 맞는 분야가 항공 보안 검색 요원이었다. 남들은 단점이라 말하는 교대 근무도 평소 올빼미 생활을 즐기던 그에게는 장점 중 하나로 작용했다. 이환은 은근한 성격대로 시험 준비도 은근하게 했고, 그 결과 같은 학원 동기들보다 살짝 늦게, 아니 그의 성향에 맞게 살짝 느긋하게 합격했다.

어느덧 보안검색 요원으로 근무한 지 3년 차가 되었고, 그는 대부분 만족하며 직장 생활을 해오고 있다. 기대했던 대로 집에서 셔틀버스로 20분이면 출퇴근이 가능하고, 동선만 잘 맞추면 야외에 노출되는 시간이 하루에 10분도 채 되지 않으며, 남들은 꺼리는 야간 근무를 선호하기에 동료들 사이에서 평판도 나쁘지 않았다.

승객들의 짐을 확인해 기내 반입 불가 품목을 가려내는 것이 그의 일이었다. 눈이 피로하고 목과 어깨에 만성 통증이 생기긴 했지만, 약간 숨은그림찾기 하는 느낌이라 게임을 좋아하는 그의 성격과도 잘 맞았다. 간혹, 약물이나 고가의 밀수

품을 찾아내면 포상금을 받을 때도 있어 소소한 성취감도 있었다. 힘든 점이라면 업무량에 비해 보안검색 요원 인원이 늘 부족해서 휴식 시간이 불규칙하고, 가끔 진상 승객을 만나 감정적인 실랑이를 벌이기도 했지만, 그 점도 시간이 지나니 나름의 요령이 생겨 할 만했다.

직업 만족도가 높은 그가 시간이 지나도 좀처럼 못 견뎌하는 점이 단 하나 있었다. 바로 여행 예찬론자들의 '여행 권유' 잔소리였다. 그들과의 대화는 보통 "공항에서 근무하니 여행 많이 가봤겠네?"라는 질문으로 시작되었다. 한 번도 가지 않았다고 답하면 상대는 의아한 눈빛으로 도대체 무슨 이유냐고, 또는 무슨 문제가 있냐고 그의 사적인 영역을 무례하게 파헤치려들었다. 혹은 이런 무지한 놈을 본다는 얼굴로 여행이 얼마나 좋은 일인지, 또 그가 여행을 가기에 얼마나 유리한 환경인지를 장황하게 설교처럼 풀어놓았다.

이환도 처음에는 그저 집에 있는 것이 좋고, 움직이는 걸 싫어해서라고 솔직하게 대답했다. 하지만 그 답은 여행 예찬론자들에게 화력을 더해주는 최악의 답변이라는 걸 곧 깨달았다. 그 뒤로는 키우고 있는 고양이를 마땅히 맡길 데가 없다고 말했다. 그랬더니 굳이 또 친절하게 자기가 맡아주겠다며 여행을 권했다. 그런 강적을 만나면 마지막 보루로 심장이 좋지 않아 비행기를 탈 수 없다고 선의의 거짓말을 하곤 했다. 보통 그 정도 하면 웬만한 이들은 더는 캐묻거나 강요하지 않고 넘어갔다.

하지만 이도 저도 들어먹지 않는 지독한 족속들에게는 그냥 "그러네요. 좋겠네요. 저도 한번 가봐야겠네요"라는 영혼이 1그램도 실리지 않은 대꾸를 했다. 그렇게 대충 장단을 맞춰주며 머릿속으로는 어젯밤의 귀여웠던 고양이 행동을 되새기거나, 퇴근하고 마저 깨야 하는 게임의 전략을 짜고는 했다.

이환의 눈에 '그것'이 보이기 시작한 지는 반년쯤 되었다. '그것'은 승객들의 기내 수화물 엑스레이 화면을 보거나 짐을 열어 검사할 때 번쩍하고 나타났다. 마치 컴퓨터 화면에 뜨는 팝업 광고창처럼 갑작스럽게.

'그것'은 바로 기내 수화물 검사를 받고 있는 승객이 목적지에 도착한 이후의 모습이었다. 휴기를 가는 승객의 기내 수화물 엑스레이 화면을 보고 있으면 순간 그 짐 주인이 휴양지에 도착해 느긋하게 수영을 하는 모습이, 중동으로 출장을 가는 승객의 짐을 보고 있으면 미팅을 끝내고 사막 투어를 하는 풍경이, 임산부 승객의 짐을 보고 있으면 예정일보다 일찍 진통이 시작되어 병원으로 급하게 이송되는 장면이 보였다.

처음 '그것'이 보였을 때는 출근 전날 게임을 너무 오래해서 잔상이 남은 거라 생각했다. 그런데 푹 자고 일어나 컨디션이 좋은 상태에서도 똑같이 '그것'이 보이자 이환은 무언가 잘못되었음을 느꼈다. 그는 곧장 안과를 찾았다. 안구건조증 외에는 별 이상이 없다는 이야기만 들었다. 병원에서 처방받은 안약을 사용한 뒤로는 '그것'이 더 선명하고 뚜렷하게 보였다. '그것'이 신체 이상 때문이 아님을 알게 된 뒤로 이환은 자신의 상상이 '그것'을 만들어냈다고 여겼다.

어릴 적부터 방에 틀어박혀 책이나 영화 보기를 좋아한 그에게 공상은 최고의 놀이였다. 그렇게 평생 엉뚱한 상상을 즐기다 보니 어느 순간 머릿속 이미지를 실제인 양 착각할 만도 했다. 다행히 그 설득은 제법 효과가 있었고, 이환은 갑작스레 튀어나오는 '그것'에 점차 당황하지 않게 되었다. 이렇게 상상력이 풍부할 줄 알았으면 작가나 만화가가 될걸 하고 조금 후회했을 뿐이다.

하지만 이환은 '그것'이 자신의 머릿속에서만 일어나는 일이 아닌 엄연한 현실임을 곧 깨닫게 되었다. 어느 날 동료가 휴가를 맞아 출국을 하게 되었고, 이환이 그와 그의 가족의 짐 엑스레이를 확인했다. 그때 휴가지에서 동료의 어린 딸아이가 병원에 실려가는 장면이 보였다. 이환은 놀랐지만 기분 좋게 놀러 가는 동료에게 굳이 안 좋은 소리를 하고 싶지 않았고, 말한다 해도 미친놈 보듯 볼 것 같아 별말 없이 넘겼다.

며칠 후 휴가에서 돌아온 동료가 전하는 이야기에 이환은 화들짝 놀랐다. 딸아이가 휴가지에서 갑작스러운 알레르기 반응을 일으켜 기도가 막히는 바람에 응급실로 실려갔다 구사일생으로 살았다고 했다. 이환은 당황했지만 곧 아이들은 자주 아프니까, 낯선 환경에서는 누구든 병이 날 수 있으니까, 충분히 발생 가능한 경우라며 애써 우연의 일치로 치부했다. 그러나 이환의 '그것'이 현실이 되는 일이 한 번, 두 번, 세 번…… 계속해서 이어지자 그는 더 이상 '그것'이 단순한 환상이 아님을 인정했다.

한번 인정하기가 어려웠지 인정하고 나서는 평소 성격대로 상황을 덤덤하게 받아들였다. 아니, 게임 속에서 미래를 예측하는 마법사나 현자가 된 듯도 해서 다소 흥분하기도 했다. 일을 하면서도 마치 게임에 실시간 접속해 있는 느낌이었다.

다행스럽게도 승객의 수하물 엑스레이를 볼 때마다 매번 '그것'이 보이지는 않았다. 하루에 평균 네다섯 장면씩. 이환은 '그것'이 보이게 되는 규칙을 정확하게 파악할 수는 없었지만, 여행객들이 여행지에서 강렬한 감정이나 사건을 겪는 순간만 보인다고 추측했다. 예를 들어 그들이 여행에서 굉장히 만족스러운 경험을 하거나, 반대로 강도를 당하거나 불의의 사고로 다치는 등 예상치 못한 극도의 두려움을 느끼게 되는 찰나가 그의 눈에 보이는 거라고.

이환은 처음에는 해당 짐 주인들에게 어떤 언급도 하지 않았다. 승객의 짐을 보고 얻은 정보를 말하는 것은 명백히 사적 영역 침해이기에 보안검색 요원이 절대 해서는 안 될 일이기도 하고, 무엇보다 그는 남의 일에 간섭하는 건 세상 제일 의미 없는 짓이라 생각했다. 하지만 굳이 귀찮은 일을 만들고 싶지 않아 평소처럼 '그것'을 보고도 묵과했던 어느 날, 승객이 기내에서 갑자기 뇌졸중으로 쓰러지는 일이 발생했다. 응급처치 시기를 놓치는 바람에 그 승객은 심각한 장애를 입게 되었고, 그 소식을 전해 들은 이환은 더는 모른 척할 수 없게 되었다. 그 사건 후로 그는 정말 위급한 상황에 처하게 될 이들에게는 추가 짐 검사를 하는 척하며 '그것'에 대해 살짝 주의를 주기 시작했다.

"비상약 챙기셨어요? 요즘 그쪽 지역에 장염 돈다니 조심하세요."

"베트남에 태풍 온다던데…… 예보 확인하셨어요?"

"파리에 소매치기가 그렇게 많대요. 여행자 보험은 드셨고요?"

이 정도는 공항 직원의 친절로 해석될 수 있는 수준이었고, 그래서 주의를 주는 이환도 듣는 이들도 별 부담이 없었다.

하지만 주의를 주기에도 애매한, 뭐라 표현해야 할지 적당한 단어조차 고를 수 없는 경우도 종종 있었다. 예를 들어 하루는 짐 엑스레이를 보는 순간 키가 150센티는 될까 말까 한 승객이 가로수보다 더 키가 커져 선물둘을 겅중겅중 넘고 있는 장면이 보였다. 그렇게 믿을 수 없는 장면을 보게 되면, 정말 현실로 실현될지 말지 판단이 서지 않아 자신도 모르게 엉뚱한 소리를 내뱉곤 했다.

"혹시 게임 좋아하세요? 아니면 CG 같은 거 만드세요?"

의도를 알 수 없는 뜬금없는 그의 질문에 승객은 갑자기 웬 개수작인가 싶은 눈으로 흘기며 지나갔다.

이런 일도 있었다. 바닷가로 가는지 수상 스포츠 용품이 가득 든 짐을 검사하다가 순간 또 번쩍, 눈앞에 팝업창이 떴다. 바다를 바라보고 있는 승객의 시선을 좇으니 한 백발 노인이 서핑을 하는 모습이 보였다. 그런데 노인이 파도를 넘는 순간 노인은 사라지고, 생기 도는 얼굴의 소년이 나타났다. 이환이 자신이 본 게 뭔가 싶어 눈알만 댕글댕글 굴리고 있자, 기다리던 승객이 답답하다는 듯 물었다.

"뭐 문제 있어요? 액체 같은 거 안 넣었는데……."

그제야 이환은 머리를 흔들면서 이 상황에서 이상해 보이지 않을 만한 무난한 대사를 골라냈다.

"문제없습니다. 서핑하러 가시나 봐요. 부상 조심하세요."

이환은 더 말을 잇지 못하고 승객이 홀가분하게 짐을 챙겨 검색대를 빠져나가는 뒷모습만 바라보았다.

때때로 인간이 아닌 다른 생명체의 시선으로 '그것'이 보일 때도 있었다. 한 승객의 짐을 검사하다가 또 번쩍하고 어느 여행지가 나타났다. 그런데 내내 칼라 화면으로 보이던 모습이 흐릿한 흑백으로 보였고, 또 장면의 각도나 말소리도 일반적이지가 않았다. 눈을 비비고 다시 짐을 살폈더니 강아지 용품이 가방에 가득했다. 그제야 짐 주인을 올려다보니 하와이안 셔츠를 입은 풍채 좋은 아저씨가 자그마한 강아지를 품에 안고 있었다. 눈이 마주치자 강아지가 뭘 훔쳐보냐는 듯 멍! 짖었고, 그 소리에 거품이 터지듯 펑! 하고 장면이 사라졌다.

위험을 앞둔 승객들에게 주의를 준 것은 투철한 정의감이나 어떠한 대가를 바라고 한 일이 아니었다. 그저 찜찜함을 없애고 훗날 더 귀찮아지는 일을 방지하려 했을 뿐이다. 하지만 시간이 지나자 그에게 피드백이 돌아오기도 했다. 그가 주의를 준 덕분에 큰 사고를 피했다며 한 승객이 직접 감사 인사를 전하기도 하고, 익명의 한 승객은 직원 휴게실에 그 앞으로 작은 선물을 남기기도 했다. 그럴 때면 이환의 얼굴 근육이 간질간질해졌지만, 그런 일에 애써 큰 의미를 부여하지는 않았다. 의미를 부여하기 시작하면 여러모로 귀찮아질 게 분명했기 때문이다.

그러던 어느 날, 그의 불길한 예감대로 대단히 귀찮은 일이 벌어지고 말았다. 한 블로거가 터키 여행을 다녀온 후기를 자신의 블로그에 남기면서 이환에 대해 언급한 것이다. 그 블로거는 터키를 거쳐 그리스로 넘어가는 여행길에서 현지인들에게 린치를 당하고 카메라를 빼앗긴 불운한 사건에 대해 기록했다. 그 여행기에 출국 전 한 보안검색 요원이 자신이 겪은 일을 예언하는 듯한 말을 건넸다는 에피소드를 밝힌 것이 시작이었다. 그 글이 한 포털 사이트 메인에 오르며 인기를 끌게 되었고, 이환 관련 에피소드가 특히 주목을 받았다.

그 포스팅 밑에 자기도 공항에 갔다가 한 보안검색 요원이 마치 미래를 알고 있는 듯한 언질을 준 적이 있다는 댓글이 달렸다. 그 밑에 자신도 그런 경험이 있다는 댓글들이 이어졌고. 온라인 생태가 그렇듯 사실 확인도 전에 자극적인 과장과 상상이 더해져 급속도로 퍼져나가기 시작했다.

급기야 한 방송국이 예지 능력을 가진 그 기묘한 인천공항 직원을 취재하러 오는 상황에까지 이르렀다. 자연에 파묻혀

사는 괴인이나 특별한 능력이 있다고 주장하는 괴짜를 주로 취재하는 그 프로그램은 이 '건수'를 놓치지 않기 위해 매우 적극적이었다. 프로그램 작가들은 소문의 진상을 밝히기 위해 인천공항 직원들의 비공개 커뮤니티에 잠입하더니, 나중에는 사적 인맥을 동원해 이환을 추적했다. 결국 입 가벼운 동료 하나가 소문의 주인공이 이환일지도 모른다고 슬쩍 흘렸고, 그 바람에 얼마 후 이환은 출근길에 스태프들에게 둘러싸이게 되었다.

스태프들은 소문의 진상이 사실인지, 어떻게 승객들의 위험 상황을 알게 된 것인지, 또 언제부터 그런 능력을 가지게 된 건지, 다짜고짜 카메라를 들이밀며 질문을 퍼부어댔다. 놀란 이환은 무슨 소린지 모르겠다는 말만 되풀이하며 황급히 화장실로 도망쳤다. 그리고 바로 변기를 부여잡고 먹은 걸 다 게워냈다.

이환이 어릴 적 제일 싫어했던 행사는 바로 학예회와 운동회였다. 주목받는 것을 끔찍이 싫어했던 그는 사람들 앞에 나가서 노래를 부르거나 율동을 하는 것 따위를 못 견뎌했고,

그 때문에 운동회나 학예회 같은 행사날에는 원인 모를 고열이나 설사병에 시달렸다. 커서는 타인의 시선을 받게 되는 일을 미리 귀신같이 알아차리고 그 상황을 피했다. 낯선 사람을 만나는 자리는 웬만하면 만들지 않았고, 누군가가 자신에 대해 아는 게 싫어 그 흔한 SNS 계정 하나 없었다.

그런 그에게 지금 상황은 말 그대로 토할 것 같은 기분이었다. 방송국에서 그를 급습한 이후 그를 알아본 승객들이 대뜸 말을 걸어오거나, 동료들이 사주를 봐달라고 졸라대는 등 자잘하고 굵직하게 그의 신경을 긁는 일들이 이어졌다. 이환은 매일 토할 것 같은 기분으로 출근하고 가끔은 진짜 화장실로 달려가 토하기도 하며 하루하루를 힘겹게 견뎠다.

그렇게 버티다가 퇴근하고서는 티브이나 컴퓨터는 물론 그 좋아하는 게임도 하지 않았고 핸드폰 전원조차 꺼두었다. 대신 품에서 도망치려는 고양이를 억지로 붙잡아 끌어안고 가만가만 숨을 골랐다. 그러면 곧 마음의 안정이 찾아왔고 구토감도 다소 가라앉았다.

문제는 단순한 해프닝 선에서 끝나지 않았다는 것이다. 사람들의 주목을 받기 시작한 후로 이환에게 '그것'이 보이는 빈도가 늘어나기 시작했다. 하루에 네다섯 번 보이던 장면들이 열 번, 열다섯 번으로. 게다가 자극적이거나 위험한 순간들만 보이다가 별다른 문제가 없는 평범한 상황까지 마구잡이로 보였다. '그것'이 보이는 빈도가 점점 늘어나더니 결국 짐들을 검사할 때마다 무차별적인 폭격 수준으로 여행지의 장면들이 튀어 올랐다. 마치 지독한 바이러스가 옮은 컴퓨터처럼 쉴 새 없이 팝업창이 떠서 화면 전체가 겹겹의 레이어로 갈라지는 모습 같았다.

쏟아지는 불법 영상물처럼 눈앞에 타인의 기억과 미래가 폭주하듯 보이자 이환은 뿌리가 빠질 듯 눈이 피로했고, 하루 종일 흔들리는 배에 탄 듯 극심한 멀미와 두통에 시달렸다. 퇴근 후 고양이를 돌볼 힘조차 없어 고양이 화장실엔 점점 마른 똥이 쌓여갔고, 불만 가득한 고양이 울음소리에 제대로 잠을 못 이뤄 두통은 더 심해졌다.

쓰러지기 직전의 상태로 근근이 하루하루를 버티다 여행객이 폭발적으로 늘어나는 명절 대목을 앞둔 날, 기어코 일이 벌어졌다. 퀭한 눈으로 모니터를 노려보던 이환의 머릿속에 어김없이 부풀어 오르는 팝콘처럼 팝업창들이 튀었다. 클릭

해서 지워버려도 다시 생겨나고 나타나는 여행지의 순간들. 누군가는 해변을 거닐고 연인을 만나고, 또 누군가는 친구를 사귀고, 다른 누군가는 소매치기를 당하고 기차표를 잃어버리고 휴대폰을 바다에 빠뜨리고, 또 다른 누군가는 렌터카의 타이어가 펑크 나는 경험을 하고, 배탈이 나서 응급실에 가고, 트렁크 바퀴가 빠지고, 비행기가 연착되고……. 울고 웃고 기쁘고 신나고 화나고 분노하는 그 모든 감정들, 순간들, 장면들이 폭죽처럼 이환의 머릿속에서 마구잡이로 터졌다.

처음에는 애써 마음을 가다듬고 시간과 장소 그리고 사건의 중요도에 따라 머릿속에 서랍을 만들어 차근차근 '그것'들을 분류해보려 했다. 그러나 밀려드는 승객과 과중한 업무와 끝없이 쏟아지는 자극에 뇌 용량이 초과되는 지경에 이르렀고, 이윽고 과호흡이 왔다. 숨이 명치에서 탁 걸려 위로도 아래로도 뺄지 못하고 있던 순간이었다. 그의 귓가에 삐이익 하며 기계음이 들려왔다. 그리고 한 박자 뒤 눈앞이 검게 변했다. 마구잡이로 떠오르던 팝업창도 순식간에 사라지고 아무것도 보이지도 들리지도 않았다. 그야말로 누가 컴퓨터 강제 종료 버튼이라도 누른 듯 모든 것이 갑작스럽게 종료되었다.

"안 보여요…… 앞이, 눈이 안 보여요……."

이환은 사지 근육이 굳었지만 간신히 소리를 짜냈다. 그의 절망스러운 목소리가 곧 옆 요원, 건너편 요원, 짐 검사를 받던 승객, 대기하던 승객, 줄을 서 있던 승객 모두에게까지 전달되었다.

"아무것도…… 아무것도 안 보여요!"

결국 그의 목소리는 비명이 되었고, 그는 이내 쿵 하는 소리를 내며 쓰러졌다.

이러다간 의료 방사능으로 없던 병도 생기겠다 싶을 만큼 온갖 검진을 다 받은 후, 이환의 병명은 공황장애로 인한 일시적 미주신경성 실신으로 판명이 났다. 의사는 절대안정을 권고했다. 승객들 앞에서 쓰러진 극적인 상황 덕에, 동료들의 적극적인 배려를 받은 이환은 남은 연차를 끌어모아 휴가를 받을 수 있게 되었다.

휴가 동안 무엇을 할까 고민했다. 주위에서는 여행이나 다녀오라 했지만 여행의 ㅇ만 들어도 신물이 날 지경이라 생각 없다며 단칼에 말을 잘랐다.

대신 그는 하루 종일 집에 박혀 그동안 읽지 못한 책과 하지 못한 게임을 미션 깨듯이 해치워나갔다. 그리고 신경을 쓰지 못해 단단히 삐져 있던 고양이와 성심을 다해 놀아줬다. 밥도 집에 있는 걸로 때우거나 배달 음식을 시켜 먹었고, 찌뿌둥하다 싶으면 아파트 상가 내에 있는 목욕탕에 가는 게 고작이었다. 그렇게 그는 휴가 내내 방에 들어앉아 읽고 보고 자고 고양이 시중을 들며 평화로운 시간을 보냈다.

완벽한 휴가가 끝날 무렵 다행히 이환의 몸 상태도 차차 좋아졌다. 앞이 보이지 않던 증상도 다시는 일어나지 않았고, 현기증이나 구토감도 나아졌다. 몸이 편안해지자 이환은 그간 자신에게 있었던 일들을 되새겨볼 마음의 여유가 생겼다.

지난 몇 달간 내내 꿈속을 헤맨 기분이었다. 일상의 평온을 유지하는 것이 삶의 제일 가치였던 그에게 '그것'이 보이면서 비일상적인 날들이 이어졌다. 여행객들의 짐을 통해 그들의 여행을 의도치 않게 훔쳐보게 되었고, 여행지에서 느끼는 타인의 감정을 공유하기도 했다.

이환은 사람들이 그 위험천만한 상황에 왜 돈과 시간을 들여 스스로를 놓이게 하는지 도통 이해가 되지 않았다. 강도를 겪고 비행기를 놓치고 교통사고를 당하고 사기꾼을 만나고…… 하지만 시간이 지나자 거부감만큼이나 호기심이 생긴 것도 사실이다. 어떤 이들은 살아온 인생을 뒤엎을 만한 계기를 얻기도 하고, 잊었던 설렘과 흥분을 느끼기도, 순수한 환희를 체험하기도 했다. 그런 장면을 마주한 날이면 이환에게도 그 감정이 전염되어 커피를 서너 잔 연달아 마신 듯 심장이 뛰어 밤새 뒤척거렸다. 책을 읽다 만족스러운 결말을 보고 눈시울이 핑 도는 것처럼, 오랫동안 깨지 못한 게임을 시원하게 클리어한 것처럼 쾌감을 느끼는 날도 있었다.

이환은 더욱 궁금해졌다. 그 통제할 수 없을 만큼 강렬하고 때로는 허무한 '비일상' 속으로 사람들은 왜 구태여 찾아가려는 걸까. 죽을 줄 알면서도 불을 향해 달려드는 불나방처럼 인간은 왜 굳이 위험천만한 여행을 떠나려는 것일까. 그러고 보니 짐승이 여행을 떠난다는 이야기는 듣지 못한 것 같았다. 먹이를 구하기 위해, 천적을 피해 이동할 뿐, 단순히 어떠한 경험이나 감정을 얻으려 위험을 무릅쓰고 낯선 곳으로 떠나지는 않는 것이다. 이환은 어쩌면 자발적으로 여행을 떠나는 습성이야말로 짐승과 구분되는 인간만의 특성이 아닐까 짐작했다.

아 물론, 이환이 여행의 본질에 대해 파고든다고 해서 여행이 좋아졌다거나 당장 어딘가로 떠나고 싶어졌다는 말은 아니다. 여전히 여행이란 번거롭고 위험하고 극히 비효율적인 활동이라는 그의 생각은 변함이 없다. 그럼에도 그의 심경에 아주 미묘한 변화가 감지되는 것도 부정할 수 없는 일이다. 그 마음은 늘 보던 책이 아닌 다른 장르를 파보고 싶은 탐구심, 새로 출시된 게임을 플레이해보고 싶은 도전 의식 정도로 표현할 수 있겠다.

누구에게나 늘 가던 길이 아닌, 한 번쯤 경로를 이탈해보고 싶은 욕구가 있는 법이니까.

이환은 문득 한기를 느꼈다. 어디서 이렇게 바람이 들어오나 봤더니, 간만에 청소기를 돌리느라 열어둔 창문 틈으로 찬 기운이 스며들고 있었다. 창문을 닫으러 다가가는데 뭔가 이질감이 들었다. 아까부터 고양이가 보이지 않았다. 설마 하며 집 안 여기저기 이름을 부르며 찾았지만, 어디에도 없었다. 열린 창문을 바라보던 이환은 뒷덜미가 싸늘해져 달려가 현관문을 열어젖혔다.

그 순간이었다. 불법 팝업창처럼 갑작스럽게 눈앞에 팍!

'그것'이 떠올랐다.

이국적인 풍광의 작은 어촌 마을. 한적한 해변가에 주황색 지붕을 얹은 아담한 주택 하나. 마당 벤치에 드러누워 오수를 즐기는 이환과 그런 그의 무릎에 앉아 고릉고릉거리고 있는 고양이의 모습이었다.

경로를　이탈했습니다

습관처럼 외롭다는 말을 자주 한다.

외롭다는 표현은 내가 살면서 느끼는 대부분의 부정적인 감정을 대변한다. 배가 고파도 외롭고, 잠이 와도 외롭고, 일이 안 풀려도 외롭고, 추워도 화가 나도 아파도 슬퍼도 외롭다고 말하고는 한다.

스스로도 의아한 점은 이렇게 외로움을 잘 타면서도 언제나 더 외로울 수 있는 상황을 내가 만들려 한다는 것이다. 여러 사람들과 어울리기보다 혼자 있는 시간을 즐기며, 익숙한 곳보다 낯선 장소를 찾아 헤맨다. 어찌하면 더 외로울 수 있을까를 연구하는 사람처럼 늘 스스로를 고립시킨다. 이쯤 되면 나는 외로움을 싫어하는 게 아니라 즐기고 있다는 생각도 든다.

그 어떤 일보다 여행은 내게 외로움을 확실하고 선명하게 선사한다. 가장 외로운 순간에 여행을 떠나 말 그대로 외로워서 사람이 죽을 수도 있겠구나 싶은 상태까지 나를 외로움으로 몰아넣는다. 일종의 자학적인 이 행위를 통해 내가 얻으려는 건 무엇일까. 지난 여행을 거슬러 유추해보면 나는 여행지에서의 외로움을 통해 결국 그리움을 느끼고자 하는 듯하다.

내가 있었던 곳에 대한 그리움, 곁에 있는 이들에 대한 그리움, 지난한 일상에 대한 그리움. 결국엔 그리움이라는 그 감정 하나를 얻으러 끊임없이 낯선 곳으로 떠나는 것이다. 여행지에서 외로움을 그리움과 맞바꾼 후에야, 비로소 나는 나를 외롭게 만들었던 상황과 인물과 그리고 스스로를 용서할 수 있게 된다.

20대 초반 아르바이트로 돈을 모아 배낭여행을 처음 떠났다. 첫 여행지는 만만한 일본이었고, 그 후로는 1, 2년에 한 번씩 꼭 바다를 건넜다. 내겐 여행이 언제나 삶의 우선순위였다. 먹고살

길이 막막한 때에도 어떻게든 여행 갈 돈을 마련해 떠났다. 어느 날은 재미 삼아 사주를 보러 갔다가 「개를 끼고」 속 아내처럼 바다 건너 살 팔자라는 말을 듣고 그제야 그간 나의 탈출 본능이 이해되기도 했다.

이 소설집에는 그렇게 숱하게 떠나고 다시 돌아오기를 반복했던 시간들을 담았다. 거인들로 가득한 암스테르담 운하를 거니는 동안, 베트남에서 태풍에 고립되어 고택에 갇혀 있다가, 보드룸에서 그리스로 넘어가는 배편을 기다리는 중에, 파리의 한 서점에서 운명 같은 책을 발견하고, 포르투갈에서 서핑하는 사람들을 보며, 타지에서 자식 같던 개를 떠나보낸 후, 여행이 싫다는 사람에게 굳이 여행을 강요하며, 바지런히 줍고 채집한 이야기들이다.

특히 「서핑 보호 구역」은 무정하게도 훌쩍 가버린 동료를 떠올리며 썼다. 그이에게 포르투갈에 같이 가자고 꼬드겼지만 사정상 함께하지 못했다. 그 뒤 홀로 여행을 다녀와 나는 소설의 초안을 썼고, 시간이 지나 동료는 다음 생으로 머나먼 여행을 떠났다. 그녀는 투병 생활 동안 건강해지면 꼭 포르투갈에 가보고 싶다고 했다. 그 말이 내겐 사라지지 않는 멍울로 남았다. 나는 그녀가 건강한 모습으로 포르투갈을 여행하는 장면을 상상하며 소설을 다시 고쳐 썼다. 몰아치는 생의 파도를 넘어 지금은 고요한 어느 해변에서 쉬고 있을 그녀를 그려본다.

이 소설집 퇴고를 마무리할 즈음 정체 모를 바이러스가 창궐했다. '세계는 하나'라는 말이 일상이 된 시대에 살던 우리는 하루아침에 집 안에 감금 아닌 감금을 당해야만 했다. 여행을 떠나는 일이 불가능해진 상황에서 여행에 대한 책을 내자니 먹을 수 없는 음식을 권하는 것 같아, 고민이 많았다.

반면 더 이상 여행을 가지 못하는 세상이 올지도 모른다는 불안이 커질수록 떠나고자 하는 욕구가 강해졌다. 나뿐만 아니라 정도의 차이가 있을 뿐, 많은 이들이 뛰쳐나가고픈 마음을 억누르고 있지 않을까. 이렇게 이동과 만남의 자유가 억제된 상황에서 먹고 자는 일만큼이나 떠나는 일이 갈급해지는 걸 보니, 「싫다고 해도 굳이」의 주인공 말처럼 어쩌면 여행은 인간의 본능이 아닐까. 나는 그 고립된 시간 동안 새삼 여행의 의미를 되새겨보았다.

지금껏 나에게 여행이란 정해둔 길에서 벗어나 경로를 이탈하는 행위였다. 끊임없이 경로를 이탈해 지도 자체를 무용하게 만들어버리는 일에서 환희를 느낀다. 또 머문 곳을 박차고 나가는 일을 되풀이하는 과정에서 잠시나마 운명을 거스르고 있다는, 혹은 스스로 운명을 조종하고 있다는 착각을 하곤 한다. 물론 경로를 이탈해 다다른 곳이 마냥 좋았던 것만도 아니었고, 오히려 그 길로 가지 않았으면 나았을걸 하고 후회하는 순간도 많았다. 그럼에도 불구하고 여전히 이곳저곳을 떠돌며 부유하는 삶을 살고 있는 걸 보면, 여행에 있어서는 이성이 아닌 본능에 충실한 인간인 것 같다.

여행은 나에게 '꿈' 그 자체이기도 하다. 어릴 적에 장래 희망, 즉 꿈이 뭐냐는 질문을 받으면 여행하며 사는 거라고 답했다. 정확히 말하면 여행하며 '글을 쓰는 삶'을 꿈꿨다. 그리고 이 정도면 심각한 수면 장애가 아닐까 싶을 정도로 나는 거의 매일 밤 꿈을 꾼다. 그러고 보면 내내 꿈속을 헤매는 기분으로 이 이야기를 쓴 것 같다.

난생처음 해외여행을 떠난, 『탑승을 시작하겠습니다』 속 여섯 인물들도(이환을 제외하고) 떠나기 전 혹은 여행지에서 모두 꿈을 꾼다. 여행의 설렘을 담은 길몽이기도 하고, 공포와 불안을 상징하는 악몽이기도 하고, 때로는 위험을 경고하는 예지몽이다. 그렇게 꿈은 사건과 사건 사이, 감정과 감정 사이를 연결하는 매개체가 된다. 일상을 벗어나 비일상으로, 현실을 비켜나 비현실을 누빈다는 점에서 여행과 꿈은 닮아 있다. 더불어 인물들은 여행지에서의 경험을 통해 잊었던 꿈을 실현하기도 혹은 새로운 꿈을 만들어가기도 한다. 모쪼록 꿈을 꾸는 여행자들을 만나는 동안, 읽는 이에게도 한 번쯤 자신만의 꿈을 찾아나가는 시간이 되었으면 한다.

누군가에게는 잔소리로 느껴질지 모르겠지만, 오늘도 나는 눈치 없이 여행을 권한다. 다시 여행이 꿈이 아닌 선택이 되는 날이 온다면, 다행히 그런 세상이 되돌아온다면, 망설임 없이 외로움을 그리움과 맞바꿔보기를, 서슴없이 정해진 길이 아닌 낯선 길로 경로를 이탈해보기를 말이다.

2020년 10월

정미진

탑승을 시작하겠습니다

초판 1쇄 발행 2020년 10월 12일

지은이 정미진
펴낸이 강일우
본부장 윤동희
책임편집 이지은
디자인 장미혜

펴낸곳 ㈜미디어창비
등록 2009년 5월 14일
주소 04004 서울 마포구 월드컵로12길 7 창비서교빌딩
전화 02) 6949-0966   팩시밀리 0505-995-4000
홈페이지 books.mediachangbi.com
전자우편 mcb@changbi.com

ⓒ 정미진 2020
ISBN 979-11-90758-97-0 03810